经典 名著

让阅读更有意义

归来探案记

[英] 阿瑟•柯南•道尔◎著

方士华◎编译

汕頭大學出版社

图书在版编目（CIP）数据

归来探案记 / (英) 阿瑟·柯南·道尔著；方士华编译. -- 汕头：汕头大学出版社，2018. 3（2022.1重印）

ISBN 978-7-5658-3435-6

Ⅰ. ①归… Ⅱ. ①阿… ②方… Ⅲ. ①侦探小说-小说集-英国-现代 Ⅳ. ①I561. 45

中国版本图书馆 CIP 数据核字（2018）第 007034 号

归来探案记　　GUILAI TANANJI

作　　者：(英) 阿瑟·柯南·道尔

编　　译：方士华

责任编辑：宋倩倩

责任技编：黄东生

封面设计：三石工作室

出版发行：汕头大学出版社

广东省汕头市大学路 243 号汕头大学校园内　邮政编码：515063

电　　话：0754-82904613

印　　刷：三河市天润建兴印务有限公司

开　　本：690mm×960mm 1/16

印　　张：12

字　　数：173 千字

版　　次：2018 年 3 月第 1 版

印　　次：2022 年 1 月第 2 次印刷

定　　价：59. 80 元

ISBN 978-7-5658-3435-6

导读

柯南·道尔，全名阿瑟·柯南·道尔（1859—1930），英国杰出的侦探小说家、剧作家，毕业于爱丁堡医科大学，行医10余年，收入仅能维持生活，后专写侦探小说。

道尔9岁时就被送入耶稣预备学校学习，1875年离开学校时他已经对天主教产生厌恶情绪，而成为一名不可知论者。

1876年至1881年间柯南·道尔在爱丁堡大学学习医学，毕业后作为一名随船医生前往西非海岸，1882年回国后在普利茅斯开业行医。

不过他行医并不太顺利，在此期间道尔开始写作。在搬到南海城后，他才开始花更多的时间在写作上。道尔的第一部重要作品是发表在1887年的侦探小说《血字的研究》，该部小说的主角就是之后名声大噪的夏洛克·福尔摩斯。

1891年11月道尔在一封给母亲的信中写道，“我考虑杀掉福尔摩斯……把他干掉，一了百了。他占据了我太多的时间。”

1893年12月在《最后一案》中，道尔让福尔摩斯和他的死敌莫里亚蒂教授一起葬身莱辛巴赫瀑布。但是小说的结局令读者们非常不满，那些喜欢福尔摩斯的读者很气愤，经常去他家干砸玻璃的一类事。这使得道尔最终又让福尔摩斯重新“复活”，在1903年道尔发表了《空屋》，使福尔摩斯死里逃生。

道尔一生出版了大量的以福尔摩斯为主角的侦探小说，如《冒险追踪记》系列、《回忆录》系列、《归来探案记》系列、《最后致意》系列、《新探案》系列、《恐怖谷》《巴斯克维尔的猎犬》《四签名》等。这些侦探小说使其成为世界三大侦探小说家之首。

自福尔摩斯在1893年的《最后一案》中去世以来，这是第一部关于福尔摩斯的小说集。书中，道尔在变更他的著名人物福尔摩斯的性格时产生了很大的压力。

《归来探案记》的故事背景从1894年开始，这是由于福尔摩斯在1891～1894年期间对"伟大的防火墙"的解释已经成为福尔摩斯狂热者强烈猜测和分析的主题。

本书是福尔摩斯全集中的短篇小说集，共收录了福尔摩斯所经历的9则探案，其中《空屋》是福尔摩斯历劫归来后的第一则案子——自从福尔摩斯与伦敦罪犯首领莫里亚蒂教授双双跌落莱辛巴赫瀑布后，所有的人都以为福尔摩斯死在莱辛巴赫瀑布。

未料，8年之后，福尔摩斯化装成老流浪汉回来，利用他在贝格街的旧宅，一举破了3起伦敦市悬而未决的案子。在莱辛巴赫瀑布死过一次之后，神探福尔摩斯缓缓老矣，只是，再也不曾死去。

本书中的作品谴责了各种犯罪和不道德行为，宣扬正义终将战胜邪恶和法网难逃的思想，在普通公众中引起心理共鸣。福尔摩斯作为一个文学形象已经深入人心。

作品虽然缺乏深刻的、真正的社会意义，但是由于作品合乎逻辑，情节惊险，引人入胜，结构起伏跌宕，人物形象鲜明，涉及当时英国社会现实，以致风靡欧洲，在世界上有广泛的影响。

目 录

空屋

1894年，发生在伦敦的一件案子引起了全伦敦人的注意，令人敬佩的罗诺德·阿德尔在莫名其妙的情况下被人谋杀，案子发生的时候正值春季，上流社会也为之震惊。大家对警方调查公布的详细案情都知道了，但事实上，有很多细节被删掉了。理由是起诉理由十分充足，没有公开全部证据的必要。直到现在，十年快过去了，我才有了一个机会补充破案过程中一些短缺的环节。这是个耐人寻味的案子，但是这个案子那令人意想不到的结局比故事的趣味性更重要。

我一生中经历过许许多多的冒险事件，这个案子的结局最让我震惊和诧异。这么长时间过去了，我一想起它来就感到毛骨悚然，并且重新体验那种高兴、惊奇而又怀疑的心情，那种心情像潮水一样涌向我，完全把我的神志淹没了。让我向那些读者大众说一句话，我知道他们关心我偶尔谈起的一个非凡人物的言行片段，我要说的是：不要怪我没让他们分享我所知道的一切，假如不是他曾亲自下令禁止我这样做，我会把这当做首要义务。就在上个月3号这项禁令被取消了。

我对刑事案发生浓厚兴趣是因为我和福尔摩斯的密切交往。这是完全可以想象得到的，就在他失踪以后，那些公开发表的疑案，我都仔仔细细读过，从无遗漏。为了个人兴趣，我不止一次用他的方法来解释这些疑案，尽管不是很成功，可是，所有的疑案都没有像罗诺德·阿德尔的惨死吸引我。当我根据审讯时提出的证据判决未查明的某人或某些人蓄意谋杀的罪时，我更清楚地意识到福尔摩斯的去世给社会带来的损失。我敢肯定，在这件怪事中，有几点一定会非常吸引他。作为欧洲首屈一指的刑事侦探，凭他训练有素的观察能力和敏捷的头脑，绝对能够弥补警方力量的不足，而且能够促使他们提前行动。我整天巡回出访，脑子里总想着这件案子，却总找不出一个自认为是理由充分的解释。我宁愿冒着讲一个陈旧故事的风险，重述一遍在审决结束时已公布过的案情。

罗诺德·阿德尔是贵族后裔，他是澳大利亚某殖民地总督梅鲁斯伯爵的第二个儿子。他的母亲从澳大利亚回国来做白内障手术，和儿子阿德尔还有女儿希尔达一块住在公园路427号。阿德尔经常在上流社会出入，就人们所知的，他并没有仇人，也没有什么恶习。他曾经同卡斯特尔斯的伊迪·伍德利小姐有过婚约，但就在几个月前，经双方同意，他们解除了婚约之后也并没有看出阿德尔有多少留恋之情，他把自己的时间都消费在一个狭小的圈子里，这个圈子里充满了保守的气氛，他选择这样的生活，与他天性冷漠，习惯于无变化的生活有极大关系。但是，1894年3月30日夜里10点20分，这个悠闲懒散的青年受到死神突如其来的拜访。

罗诺德·阿德尔酷爱打纸牌，他一打起牌来，就停不住，但是一般下的赌注，从来不会很大，否则有损他的贵族身份。他有鲍尔温、卡文狄希和巴格特尔三个纸牌俱乐部的会员证。就在他被害的那天晚饭后，他还在卡文狄希俱乐部玩了一盘惠斯特。那天下午他也那儿打过牌，那天同他一起打牌的莫瑞先生、约翰·哈代爵士和莫兰上校可以证明他们那天玩的是惠斯特，那天他们每人的牌好坏都差不多，阿德尔那天牌运稍差，大概输了有五镑，但不会更多，他继承了一笔十分可观的财产，所以这样的输赢对他不会有太大的影响。他差不多每天都在打牌，不是在这个俱乐部就是在那个俱乐部，他打得非常小心谨慎，而且经常是不赢他就不会离开牌桌的。证词中还有一条，就在几个礼拜以前，他和莫兰上校对家，一口气赢了可德菲·米尔纳和马尔莫洛勋爵大概有四百二十镑之多。在调查报告中有关他的近况也就这些。

被害那天晚上，他离开俱乐部回到家中之时是夜晚整十点钟，他母亲和妹妹都不在家，大概她们都上亲戚家串门去了。女仆供述说，看见他进入二楼的前厅——就是他常当做起居室的那间屋子，女仆说她事先已在屋里生好了火，因为有烟冒出来，她就把窗户打开了。直到11点20分的时候，梅鲁斯夫人和女儿回来之前，院里一点动静都没有，梅鲁斯夫人回来后，想进她儿子屋中道声晚安，她发现房门已经锁上了。母亲在外边无论怎么叫喊、敲门都不见有回答。情急之下，母亲叫人把门撞开了，只见这个可怜的青年躺在桌子旁边，脑袋已经被击碎，是一颗左轮手枪子弹。他死的模样非常可怕，但是在屋中看不见任何武器。桌上有两张十镑的钞票和总共十一镑十先令的金币和银币。这些钱被码成了十小堆，数目多少不等。另外还有张纸条，上面记着若干数目字和几个俱乐部朋友的名字，由这个可以推测出在遇害前，他正在计算打牌的输赢。

在现场的详细检查只是使得案情变得更加错综复杂。第一，没有任何理由说明为什么这个年轻人要从屋里把门插上。所以很可能是凶手把门插上了，然后从窗户逃跑了。由窗口到地面的距离大概至少有三十英尺，窗下的花坛里正开满了番红花，但从花丛和地面来看，似乎并没有被人踩过，在房子和街道之间的一道狭长的草地上也没有任何被破坏的痕迹。所以，很明显的一点是年轻人自己把门插上了。如果是有人能用左轮手枪从外面对准窗口放一枪，造成如此的致命伤，此人必定是一个出色的射击手。另外就是，公园路是一条繁荣的大道，行人车马川流不息，距这些房子不到一百码的地方就有一个马车站。这儿已经出了人命，还有这样一颗像所有铅头子弹一样射出后就会开花的左轮子弹和它造成的立刻致死的创伤，但在当时居然没有人听到枪声。公园路奇案的所有这些情况，由于寻不出任何动机而变得那么复杂，因此，正如我在前面所提过的，没有人听说年轻的阿德尔有任何仇人，他屋里的金钱和贵重物品也没人动过。

我一整天都在反反复复思考这些事实，我竭尽全力想找出一个能够解释得通的理论来发现最省力的途径，我的亡友称之为所有调查的起点。就在傍晚，我漫步走过公园，大约就在六点钟左右时，我走到了公园路与牛津街连接的那一头。一帮闲人正聚在人行道上，他们都抬起头看着一扇窗户。他们看见我来，纷纷给我指出了我特地要来瞧的那所房子。一个戴着墨镜的瘦高个子正在讲他自己对案子的推测观点，其他人都围着他们，我很怀疑他是个便衣侦探，我尽量往跟前凑过去，想听听他的见解，但是我觉得他的议论听起来实在是荒谬，我感到很厌恶地从人群中退了出来。就在这时候，我的身体撞在了后面一个有残疾的老人身上，一下把他抱着的几本书碰掉在了地上，记得就在我帮他拾起那些书的时候，我看见其中有一本书名是《树木崇拜的起源》。这使我判断这个老人一定是个穷藏书家，专门收集一些不见经传的书籍作为职业或者作为爱好。我很为这意料不到的事感到愧疚，但是很不巧的是我碰掉的这几本书显然在它们的主人眼里是十分珍贵的东西。他愤怒地吼了一声，然后一转身就走掉了，我看见他微驼的背影和灰白的连鬓胡子逐渐消失在人群当中。

我曾好多次观察公园路427号，但似乎这对弄清楚我所关心的问题没有任何帮助。这间屋子和大街之间只隔着一道半截是栅栏的矮墙，高不过五英尺，所以任何人想进花园都非常容易。但那扇窗户很高，几乎完全够不着，因为墙外面没有水管或者别的什么东西可以帮助身体轻巧的人爬上去。我比以前感到更加迷惑不解，只好折回肯辛顿。我在书房中还没坐到五分钟，女仆走进来告诉我说有人要见我。令我感到异常吃惊的是，来者并非别人，就是那个行为怪异的旧书收藏家。他那张轮廓分明而干瘦的脸隐藏在灰白的须发中，他的右臂下挟着他心爱的书，至少不下十来本。他用一种奇怪而嘶哑的声音说道：“没想到是我吧，先生。”

我承认我的确没有想到是他。“我感到十分的过意不去，先生，就在刚才我一瘸一拐在您后边跟着走，碰巧看见您走进这所房子。我心里想刚才也许对这位绅士的态度有些粗暴，所以就跟进来看一看，我没有丝毫的恶意，我是来感谢你替我把书捡起来。”

“你真是太客气了，这么点小事您不必放在心上，”我说道，“我能问一下您是如何认出我来的？”

“尊敬的先生，说句冒昧的话，我可算您的街坊，我的小书店就在教堂街拐角的地方。我想大概您也收藏书籍吧，先生，这里有《美国鸟类》《克图拉斯》《圣战》——十分的便宜，几乎每一本都很便宜。如果再买五本书就可以正好把那书架第2层的空格填满。现在看起来不太整齐，对不对，先生？”我听了他这番话，就回过头去看了看后面的书橱。就在我回过头的时候，我看见福尔摩斯就隔着书桌站在那儿对我微笑着。我站起身，很吃惊地盯着他看了足有好几秒，然后我好像要晕过去似的，这可是我平生头一回，也是最后一回，的确我感到有一片白雾在我眼前打转，白雾消失了，我才发现我的领口被解开了。嘴唇上还有白兰地的辛辣味道，福尔摩斯正把身子俯在我的椅子上，一只手拿着随身带的扁酒瓶。”

“亲爱的华生，”一个非常熟悉的声音在我耳边响起，“我感到十分抱歉，我根本就没想到你会如此经受不住。”

我双手紧紧抓住他的胳膊。“福尔摩斯！”我大声地喊道：“难道真的是你吗？难道你真的还活着？你怎么能够从那可怕的深渊中爬出来呢？”“等一会儿，”他说道：“你现在真觉得有精神谈这事了吗？你看我这多此一举的戏剧性的出现给你带来了多么大的刺激。”

“我已经没事了，可是说句心里话，福尔摩斯，我实在不敢相信自己的眼睛。天啊！世界上有那么多的人，为什么偏偏是你站在我的书房中。”我又抓起他的一只袖子，伸手摸他那只精瘦有力的胳膊。“但是，不管怎么样，你只是个鬼，”我说道：

“我亲爱的朋友，见到你我实在太高兴了，快坐下来，告诉我你是如何从那可怕的峡谷中逃生出来的。”

他就在我的对面坐下来，还跟以前一样若无其事地点燃一根烟。他把全身都裹在一件只有卖书商人才穿的破旧的长长外套里，桌子上摆着那堆白发和旧书，比起从前，福尔摩斯显得更加清瘦、更加机警，但那张鹰一样的脸上略显苍白，使我们可以看出来他的生活有些不太规律。

“华生，我现在感到非常地高兴，因为我能够重新伸直腰了，”福尔摩斯说道：“让一个高个子长时间保持弯腰驼背的状态实在是一件很痛苦的事情，至于说我为什么要这样做，如何向你解释，华生，我亲爱的老朋友，咱们，如果你愿意和我合作的话——在我们面前还需要一个晚上的艰险工作。也许最好是等这项工作完成之后，我才把全部的真实情况向你说明。”

“亲爱的福尔摩斯，如果可能的话，我很想现在就知道情况。”

“今天晚上你是否愿意同我一块出去？”

“一切由你安排，你说在什么时候，在什么地方都行。”

“真幸运，还像过去那样默契。咱们出发前还有点时间吃点晚饭。好吧，先说说那个峡谷吧。我逃出那峡谷并没费多大劲，根本没遇到过什么困难，理由其实很简单：我根本就没有掉下去。”“你真的没有掉下去？这可是我根本没有想到的？”“真的华生，我根本就没有掉下去。我写给你的便条可完完全全是真的。当我看到模样阴险的莫里亚蒂教授就站在那条通向安全地带的窄道上的时候，我根本不怀疑我的末日已经到了。就在他的灰色眼睛中，我感觉到一个很无情的意图。于是我就和他交谈了几句话，得到他很有礼貌的许可，写了封短信，也就是后来你收到的那封信。我把信、烟盒还有手杖都留在那里，就沿着那条窄道一直往前走，莫里亚蒂仍然紧紧跟随着我，我走到路的尽头，就发觉无路可走了。莫里亚蒂并没有掏出武器，却突然向我冲过来，紧紧把我抱住。他明白他的一切都完了，只是急着对我进行报复。就在瀑布边上，我们两个人扭打成一团。我懂一点儿日本柔道，过去有好几次我都用上了这一手。我从他的两臂中钻了出来，他喉咙里发出一声可怕的吼叫，疯狂地用脚踢着，两只手向空中乱抓着。虽然他费了很大的气力，但是仍然无法保持身体的平衡，终于掉进了悬崖，我探头一看，看见他坠下去很长距离，最后撞在一块岩石上，又被弹起来，最后掉在水中。”

我很吃惊地听了福尔摩斯边吸烟边做出的这段解释。

“但是应该有脚印才对呀！”我大声喊道：“我亲眼看见那条路上有两个人一起往前走的脚印，往回时却一个都没有。”“事情的真相就是这样的。就在教授掉进深渊的一刹那间，我竟然想到命运为我安排了再巧不过的机会。我明白不仅莫里亚蒂一个人曾发誓要置我于死地。至少还有三个人，他们要向我报复的欲望只会由于他的死亡而显得更加强烈。他们都是些危险分子。他们三个人中，肯定会有一个来找我。另一方面，假如全世界的人都以为我死了，那么这几个人就会轻易随便地行动，这样很快就会露面，如此我就能很快消灭他们。到了那时，我就可以放心地向世人宣布，我仍然活在人世。大脑活动起来是如此迅速，我相信在莫里亚蒂还没有沉入莱辛巴赫瀑布下的深潭底下之前，我已经完全想出了好主意。”

“我站起身来，探头仔细观察后面的悬崖。就在你那篇我在后来读得津津有味的生动描述中，你曾断言那是绝壁。应该说，你说的并不完全对。悬崖上仍然有露在外面的几个窄小的立足点，而且有一块很像岩架的地方。想要一直爬上那么高的峭壁显然是不可能的，再想顺着几条湿漉漉的窄道走出去而不留下任何脚印似乎也是不太可能的事情。当然了，我也可以像过去那样，把鞋倒穿。但是，在同一方向出现三对脚印，无疑会使人想到这是骗人的手法。所以，总的看来，最好还是冒冒险爬上去。这可不是一件让我很高兴的事，华生，瀑布在我的脚下隆隆作响，我不是个富于幻想的人，但是有一点不假，我听见莫里亚蒂的声音从深渊中冲着我喊叫，有好几次当我的手没抓住身边的草丛或是脚从精湿的岩石中滑下来的时候，我想我完了。但是我拼命往上爬，终于爬上一块有几英尺宽的岩架，岩架上长着柔软的绿苔，就在那儿，我可以很舒服地躺下而不被人看到，亲爱的华生，在你和你的随从正在同情心的驱使下毫无效力地调查我的死亡现场的时候，我就躺在岩架上。”

“你离开那里回到旅馆，带着你那完全错误的结论，到了最后，就剩下我一个人。我认为我的遭遇到此该结束了。但是却发生了非常突然的事故，让我预感到可能还有叫我吃惊的事情将要来到。有一块巨大的岩石由上而下落下来，只听轰隆一声从我身边擦过去，砸在下面的一条小道上，又蹦起来掉进深渊。我当时还以为是偶然掉下的石头。过了一会儿，我抬头看见昏暗的天空中探出一个人头。这时又落下一块石头，砸在我躺着的地方，离我的头部不到一英尺。当然了，这意味着什么就十分清楚了。莫里亚蒂并非单人行动。就在他要对我下手的时候，还有一个帮手在守望，我一眼就看出了这帮手是个很危险的家伙。他躲在我看不见的地方亲眼目睹了他的朋友淹死和我逃走时的情况。他一直在那等着，然后就绕道上了悬崖顶，试图实现他朋友不能得逞的打算。”

“我想这一切并没有花费我多少时间，华生。我还从崖下看到那张冷酷的脸不停地朝下张望，这是一个预兆，说明不一会，还会有另一块石头将要落下来。我朝着崖下的小路往下爬。我不认为自己在当时能够很轻松地爬下去，这比往上爬还要困难一百倍。可是我已没工夫想这个危险，因为就在我两只手抓着岩架边沿、身体保持悬空状态的时候，又有一块石头从我头顶‘呼’的一声掉落下来。当我爬到一半的时候，老天保佑，我不偏不倚正好掉在那条窄道上，我被摔得是头破血流，我爬起身来迅速地奔逃，在山路里我趁着夜色大概行走了有十英里。一个礼拜以后，我到达佛罗伦萨，这样一来，保证世界上没有人知道我的下落。在当时，我要寻找一位最值得信赖的人，他是我的哥哥迈克罗夫特。我想再三地向你道歉，我亲爱的华生。但是我当时必须要做的一件事情是让大伙都以为我已经死了。你也不例外，假如你不相信我已经死了，你肯定也不会写出一篇那么让我信服的关于我的不幸结局的故事来。就在这三年中，我曾数次提笔要给你写信，但我总担心你对我的深切关心会不小心泄露我的秘密。也正是因为这个原因，今天傍晚的时候，当你碰掉我的书的时候，我只好避开你，因为我的处境十分危险，如果当时你稍微露出一点惊奇或激动，就有可能引得别人注意我的身份而酿成可悲的、无法弥补的结果。至于我的哥哥迈克罗夫特，我必须得到他的帮助，让他给我搞到钱，这样的话，我必须把我的秘密告诉他。在伦敦，事态的发展并非我想象的那样顺利，因为在莫里亚蒂匪帮案的审理中，有两个最危险的成员漏掉了，使这两个与我不共戴天的仇人至今逍遥于法外。我在西藏旅行了大概有两年的时间，所以我常常去拉萨找大喇嘛消磨时间。然后，我路经波斯，游览了麦加圣地，又到喀士穆对哈里发作了一次有趣而简短的访问，而且我把拜访的结果告诉了外交部。在回到法国以后，我花了大概有几个月的时间来研究煤焦油的衍生物，这项研究是我在法国南部蒙特利埃的一个实验室里进行的。最后，我很满意地结束了这项研究，后来我又听说我的仇人如今只剩下一个在伦敦，我便准备回来。这时候，我听说了公园路奇案，这个消息加速了我的行动，不仅仅因为这件案子的是非曲直吸引我，关键是我找到了难得的机会，当然是对找个人而言。我立即回到伦敦贝克街自己的家中，我的到来吓得哈德森太太歇斯底里大发作。迈克罗夫特把我的房间和我的纪录照原来的样子保存着。就这样，我亲爱的华生，就在今天下午两点钟，我发现自己就坐在我原来屋中的那把旧椅子上，满怀希望见到我的老朋友华生也坐在对面他一向常坐的那把椅子上。”

这个离奇的故事是我在四月里的那天晚上听到的。如果我没有亲眼见到那个我以为永远也见不到的瘦高的体形和热情的面孔的话，这个故事就纯粹是无稽之谈。我也不明白他是如何知道了我居丧的消息的，他以动作代替言辞表示了他的慰问。“工作可以医治悲伤，”他说，“就在今天晚上，我给咱俩安排了一件工作，如果我们能够成功地完成它，就不白在世上活一回。”我想让他讲得再详细些，但是无济于事。“在天亮前，够你听和看的，”他回答说道：“咱俩有三年的往事可供叙谈，但只能谈到九点半，就要进行这次空屋历险。”

就像他说的那样，到了九点半钟，我发现自己正挨着他坐在一辆双座的马车上，我的口袋中装着手枪，心中充满了历险的激动。福尔摩斯表现得十分冷静镇定，他一言不发，街灯的亮光忽明忽暗地照射在他严峻的脸庞上，他皱眉沉思，嘴唇紧闭。我也无法预知在伦敦这个充斥着罪犯的黑暗的丛林中究竟能搜寻到什么样的野兽，但是从福尔摩斯，这个狩猎能手的脸上，我看到的却是阴沉的神态，我绝对相信这根本就是一次十分冒险的行动。他那苦行僧似的脸上时不时露出讥讽的微笑，可以想象得到我们搜寻的对象凶多吉少。

我的猜想是我们要去贝克街，但当马车行至卡文狄希广场拐角的地方时，福尔摩斯叫马车停下来。我注意到他在下车时眼睛向左右探望了一下，接着就在走过的每条街的拐角上又极其细心地提防着后边有没有人跟踪。我知道，我们走的这条路线是独一无二的，福尔摩斯对伦敦的偏僻小道十分熟悉。他十分迅速地而且很有把握地穿过一连串我从来都不知道的小巷和马厩。到最后，我们出现在一条小路上，两边都是一些阴暗的老房子。我们顺着这条小路到了曼彻斯特，然后又到了布兰福特街，在这里他快速拐进一条窄道，又穿过一扇木栅栏门进到一个无人的院子。他用钥匙打开一所房子的后门，我们一块走进后，他便把门关上了，屋里边漆黑一团，非常明显这是一所空房间。地板没有铺地毯，在我们的脚下吱吱作响，我伸手摸到一面墙，上面糊的纸已经裂成一片片的纸条向下垂着。福尔摩斯用手指抓住我的手腕，我感觉他的手指冰凉，当他领我走过一条长长的过道，直到我隐约能看见门上面那扇昏暗的扇形窗才停下来。在那儿福尔摩斯突然向右转，我们俩便进入了一间正方形的大空房，四个角很暗，只有正当中有一块地方被远处的街灯照得有点亮。附近没有街灯，窗户上积了厚厚一层灰尘，所以我们只能看清彼此的轮廓。我的同伴用一只手搭在我的肩上，把嘴凑近我的耳朵。

“亲爱的华生，你清楚我们身处何处吗？”福尔摩斯压低嗓音悄悄地对我说。

我睁大眼睛尽量透过模糊的玻璃想看清外面的景物，“也许那边就是贝克街。”

“你说的一点没错，”福尔摩斯回答道：“这就是正对咱们寓所的卡姆登私邸。”

“咱俩来这里究竟要做什么？”

“亲爱的华生，只有从这儿才可以清楚地看到对面的高楼。请你靠北窗户一点儿，千万小心别暴露自己。再看看咱们的老寓所——你的那么多神话故事难道不都是从那里开始的吗？三年过去了，我要看看我是否丧失了使你惊奇的能力。”

我依他所言，慢慢地向前移动，当我向十分熟悉的窗户望去时，我的视线落在了那扇窗户上，我很吃惊地叫起来。窗帘已经放下了。屋里的灯亮着，照亮的窗帘上很清楚地映出屋里正坐着一个人：那头的姿势，宽阔的肩膀，轮廓分明的面部，看了决不会弄错。那东西转过去的脸，如同我们祖父母辈喜欢装上框子的一幅剪影，十分像福尔摩斯本人，我十分惊奇，忙用手探过去，想弄清楚他是否还在我的身边，我感觉到他的身体由于发笑而不停颤动。

福尔摩斯大声说道：“看到了吗？”

“天啊！”我高声叫道，“这简直是太妙了！”

“亲爱的华生，我相信我产生变化莫测手法的智慧并没有因岁月的流逝而枯竭，也许因为常用而显得过时吧。”他说道。我从他的话中，听出了这位艺术家对自己的创作感到颇为满意和骄傲，“的确有几分像我，对吧？”

“我完全可以发誓说那就是你。”

“这一节应该感谢奥斯卡·莫尼埃先生，是他一连花了好几天的时间为我做模子、塑蜡像。其余的一切都是今天下午我在贝克街自己安排布置的。”

我紧张地说：“难道你认为有人在偷偷监视你的寓所？”

“你说的没错，的确有人在监视我的寓所。”福尔摩斯胸有成竹地说。

我赶紧问：“他是谁？”

“那是我的老敌人，他们的头目此时还在莱辛巴赫瀑布下面。你可别忘了这些家伙知道我仍然还活在这个世界上。也只有他们才知道。他们始终不死心，认为我肯定会回寓所，就不停地对我进行监视。就在今早上他们看到我到达伦敦。”

“这些，你都是如何知道的？”“当时我无意间从窗口往外看，我看到一个家伙，多年的经验告诉我，他一定是他们派来监视我的人，这是一个对我构不成危害的家伙，他姓巴克尔，以杀人抢劫为生，他是个很出色的犹太琴演奏家。我没把他放在眼里，但我担心的是，隐藏在他背后暗中操纵他的那个人。这人是莫里亚蒂的知心朋友，号称伦敦最狡猾、最危险的罪犯，也就是那个从悬崖上往下投石头的人。华生，今晚一直跟踪的就是他，但是他却根本不知道，其实是咱们在暗中跟踪他。”

我的朋友的计划终于渐渐显露出来了：从这个很近便的隐蔽所，监视者正被人监视，追踪者反被人追踪。那边窗户上那个消瘦的影子其实只是个诱饵，而我们俩是猎人，我们俩沉默着一同站在黑暗之中，盯着在我们面前匆匆来去的人影。

福尔摩斯一动不动地站着，我能够看出他正处于一种很紧张地戒备状态，正专心致志地盯着过往的行人。这是一个寒冷喧嚣的夜晚，风呼呼地刮过长长的大街，发出一阵一阵的呼啸声音，大街上来来往往的人很多。他们都紧裹着外衣和围巾。我有一两次似乎看见了曾刚刚见过的模样相同的人影，特别是注意到有两个人，他们似乎是在附近的一家门道里避风。

我提醒福尔摩斯注意这两个人，但是他很不耐烦地叫了一声，然后又目不转睛地望着大街。他时而局促不安地挪动脚步，手指不停地敲着墙壁。可以看出，他开始担心他的计划不像他希望的那样有效，到了最后，将近午夜的时刻，街上的人渐渐少了，他有点无法控制自己的情绪，在屋子里走来走去。

我正要和他说点什么，抬眼望了望对过亮着的窗子，我大吃一惊，我抓住福尔摩斯的手臂，朝前面一指，“影子动了！”我失声叫道。窗帘上的影子已经改变原来的坐姿，而是背朝着我们。

三年过去了，他的脾气依然是那样粗暴，依然对比他智力低的人表现出强烈的急躁情绪。他说道：“它当然已经动了，亲爱的华生，难道你一直认为我是个少有的笨蛋，只会支起个一眼就能认出的假人，希望靠它来欺骗几个号称欧洲最狡猾的人？咱们待在屋中近两个钟头，哈德森太太已经把蜡像改变了几乎有八次，每一刻钟一次。她站在蜡像前边移动它，这样就避免被人看见她自己的影子，噢！”

福尔摩斯倒吸了一口气。在暗淡的光线中，我见他把头伸向前方，他的全身由于注意力的集中而紧张起来。窗外大街上空空荡荡没有一个人。那两个可怜的家伙也许还蜷缩在门道里，但是，这时我已经看不清他们了。四周一片静悄悄，除了我们对面那正中显出人影的明亮的黄色窗帘之外，什么都看不见。在一片静寂的氛围中，我的耳边又响起那种细微的咝咝声。过了一会儿，他拽着我的胳膊退到黑暗的屋角，用他冰凉的手指捂着我的嘴，我感觉到他的手指在剧烈颤抖，我从来没有见过我的朋友如此激动，那隐藏在黑暗中的大街依然荒凉、安静地躺在我们面前。

可是，我突然发觉他那超人的感官似乎已经觉察到了什么东西。一阵轻微的蹑手蹑脚声传入我的耳膜，这个声音并不是从贝克街的方向传来，而是从我们藏身的这所屋子后面传来。一扇门打开又关上了。过了一会儿，在走廊中响起了蠕动的脚步声。这本是想竭力压制的脚步声，却在空屋中造成刺耳的回响，福尔摩斯靠墙蹲下来，我也照样蹲下身来，手中紧握着我的左轮手枪。

朦胧中，我看到一个不太清楚的人影，他在门外站了有片刻，然后弯下腰带有威胁性的、偷偷走进屋里。这个人影离我们还不到三码。我已经做好了等他扑过来的准备。才想起他根本不知道我们在这儿。他从我们身边走过，悄悄靠近窗子，轻轻地把窗户推上去有半英尺。当他跪下来靠着窗口的时候，街上的灯光不再被积满灰尘的玻璃所遮挡。他的脸暴露无遗。他由于兴奋而忘乎所以，两眼闪亮，而且不停抽搐，他是个上了年纪的人，鼻子瘦小而突出，前额又秃又高，还留着一大把灰白胡子，他头戴一顶可以折叠的大礼帽，他把它推在后脑勺上。他的脸又瘦又黑，全是凶悍的皱纹，他手中拿着一根像是手杖的东西，当他把它搁在地板上的时候，发出了金属的铿锵声。然后他从外套的口袋中掏出一大块东西，摆弄了一阵，最后只听咔哒一声，好像把一根弹簧或者枪栓什么的挂上了。他仍然跪在地板上，弯腰将全部力量压在什么杠杆上，紧接着发出一阵旋转和摩擦声，最后又是咔哒一声，就看他直起腰，我看清楚他手里正拿着一支枪，枪的形状非常特别，他拉开枪膛，把什么东西放了进去，然后啪的推上枪栓。他俯下身去，把枪筒架在窗台上，我看见他灰白的胡子坠在枪托上，闪亮的眼睛盯着瞄准器。当他把枪托贴紧右肩的时候，我就听见一声满意的叹息，并且看到那个令人惊异的目标——黄窗帘上的人影毫无遮拦地暴露在枪口前方。他停顿了一下，然后扣动了扳机，嗄的一声怪响，紧接着是一串清脆的玻璃破碎声，就在那一瞬间，福尔摩斯像老虎一样从射手的背上扑过去，把他摔倒在地，他翻起身，用尽力气掐着福尔摩斯的喉咙。我用手枪柄照他头上就是一下，他又倒在了地板上。就在我扑上去把他摁到时，我的朋友吹响了警笛，人行道上马上响起跑步声；两个穿制服的警察和一个便衣侦探从大门冲进屋内。

“是你吗，雷斯垂德？”“是我，福尔摩斯先生，我自己把任务接过来了，很高兴看见你回伦敦来，先生。”“我认为你需要有点非官方的帮助。在一年当中有三件谋杀案破不了可是不行的，雷斯垂德。你处理莫尔齐的案子不像你平时那样——就是说你处理得还不错。”

大伙都已经站起来了。我们的囚犯正在大口喘气。他两边分别站着一个身材高大的警察。这会儿已经有些闲人开始在街口聚拢，福尔摩斯走到窗前把窗关上，又把帘子放下。雷斯垂德把两支蜡烛点燃，警察也打开了他们的提灯。我们能够清楚地看看这个囚犯了。

这是一张精力充沛、奸诈万分的面孔。他有着哲学家的前额和酒色之徒的下颌，似乎他天赋之才，是好是坏姑且不论。但是，只要看一下他那下垂、讥诮的眼睑，那冷酷的蓝眼睛，那凶猛、挑衅的鼻子和那咄咄逼人的浓眉，谁都可以认出这都是造物主最明显的危险信号。他根本不看别的人，他只盯着福尔摩斯的脸。眼中充满了仇恨和惊异。“你是个魔鬼！”他不住地咆哮，“你这个狡猾的魔鬼！”

“哦！上校！”福尔摩斯边说边整理弄乱了的领子，“就如同戏里常说的：‘不是冤家不碰头。’自从在莱辛巴赫瀑布的悬崖上承蒙关照后，我就没有再看见你。”

上校似乎有些精神恍惚，他的眼睛仍然盯着我的朋友。他嘴里不停地咕哝着：“你这个狡猾的魔鬼。”

福尔摩斯耸耸肩膀说道：“上校，我还没有很好地介绍你呢，先生们，他就是塞巴斯蒂恩·莫兰上校，以前曾在女王陛下的印度陆军中服役，他是我们东方帝国所造就的最优秀的射手，上校，我想我这样说是完全正确的，你在猎杀方面的成绩堪称举国无双吧？”

莫兰上校听到我的伙伴这样说，目露凶光地盯着我的伙伴。他那散发着野性的眼睛和倒竖的胡须使自己就像一只老虎。

“我感到很奇怪呀，莫兰上校，我这个如此简单的计策竟然使你这么老练的猎手受骗。”福尔摩斯说道：“这本是你非常熟悉的办法才对，你不是也曾在一棵树下拴上一只小山羊吗？然后自己举着来复枪躲在树上，等这只作为诱饵的小山羊把老虎引来，然后射杀它。如今这个空屋成了我的树，你就是我想要打的那只虎。你也许还有几支备用的枪，以此来防止好几只老虎的出现，或者是你自己万一没有瞄准好，而这是完全有可能的。”福尔摩斯说着，用手指指周围的人，“这些人就是我的备用枪。这是个确切的比拟。”

听到这儿，莫兰上校一声怒吼向前冲过来，但是被那两个强壮的警察拽了回去。他脸上表现出的愤怒表情，看了真让人害怕。“我不得不承认，”福尔摩斯继续说道：“我没有想到你也会利用这间空屋和这扇方便的前窗。我估计你在街上行动。那里有我的朋友雷斯垂德和他的随从在等着你。除了这一点以外，一切都在我的预料中。”

莫兰上校把脸转向官方侦探。

“你可能有，也可能没有逮捕我的正当理由，”他说道，“但至少你没有理由让我受这个人的嘲弄。假如我现在处于法律的掌握中，那就一切都按照法律办吧！”雷斯垂德说道：“你说得倒是很合理，福尔摩斯先生，就在我们走之前，你还有什么别的要讲吗？”福尔摩斯早就把那只威力极大的气枪从地板上拾起来，正在仔细看它的结构。“真是一件稀罕的武器啊，”他说，“无声而且威力极大，我知道这个双目失明的德国技工冯·赫德尔，这支枪是他为莫里亚蒂教授特制的。我知道有这么一支枪已经好几年了，虽然以前，没有什么机会摆弄它。雷斯垂德，这支枪，还有这些子弹，就交给你们来保管吧。”雷斯垂德说道：“你就放心交我们保管吧，福尔摩斯先生，你还有什么话吗？”

“我想知道你准备以什么罪名来控告他？”福尔摩斯说。

“这不是明摆着是企图谋杀您吗？”

福尔摩斯赶快说：“雷斯垂德，这可不行，我根本不想在这件事情上出面。这场成功的逮捕，功劳应归于你，雷斯垂德，我祝贺你！你以一贯的智勇双全抓住了他。”

“哦，亲爱的福尔摩斯先生，你应该说的更清楚一些，抓住了他！抓住了谁？”

“就是这个警察们一直在寻找的，神秘的莫兰上校，他于上月三十日把一颗开花子弹装在气枪里，然后对准公园路427号二楼正面的窗口开了一枪，罗诺德·阿德尔就这样被打死了，就是这个罪名，雷斯垂德。现在，华生，如果你能忍受从破窗口吹进的冷风，不妨就到我书房中抽一支雪茄，坐半小时，这样可以让你消遣放松一下。”

我们的老屋子，在迈克罗夫特的监督和哈德森太太的照管下，并没有改变多少样子。我一进屋，就注意到屋中的整洁程度确实很少见，原来的标志都没被动过：这一角是做化学实验的地方，放着被酸液弄脏了桌面的松木桌，那边架子上摆着一排大本的剪贴簿和参考书，这都是很多伦敦人想烧掉的东西。我环顾四周，挂图、提琴盒、烟斗架、装烟丝的波斯拖鞋都历历在目，屋中已经有两个人：一个是我们进来时，对我们笑脸相迎的哈德森太太，另一个就是那个假人。

福尔摩斯问道：“哈德森太太，我嘱咐你做的，你都做了吗？”

“是的，先生，一切都已按您的意思完成了！”

“太好了，你完成得非常好，你看见子弹打到什么方向去了吗？”

“子弹穿过假人的头部，然后撞到墙上，这是我从地毯上捡到的，给您吧！”

福尔摩斯接过子弹，然后递给我，说：“这是一颗铅头左轮子弹，真是巧妙，有谁会发现这样的东西是从气枪中打出来的呢？好吧，哈德森太太，我非常地感谢你的帮助。现在，华生，请你回到老位子上，我想和你认真地讨论一下。”

福尔摩斯从容地把那件旧礼服大衣脱掉。把那件搭在蜡像上的灰褐色的睡衣穿上。福尔摩斯又恢复了往日的模样。

福尔摩斯微笑着用手摸着蜡像破碎的前额说道：“这个老猎手的确身手不凡，正打准蜡像头部正中部位，不偏不倚击穿大脑。在印度的时候，他号称最好的射手，我认为在伦敦也很少有他这样出色的射手。你以前听过他的名字吗？”

“没有。”

福尔摩斯幽默地说："这才是真正的出名！詹姆士·莫里亚蒂的名字在过去你也不曾听说。他可是本世纪的一位大学者，劳驾你把架子上那本传记索引拿下来给我。"

福尔摩斯把身子靠在椅背上，轻轻晃动着腿，口中喷出乳白色的雪茄烟雾，一边懒懒地翻着记录。

"我在M部收集的这些材料很不错。你不论把莫里亚蒂摆在哪里都非常出众。这里有放毒犯莫根，有遗臭万年的梅里丢，还有那个在查林十字广场的候诊室把我左边犬齿打落的马修斯。最后这个就是今晚见到的莫兰上校。"

说完，他把本子递到我手中，只见上面写着：

塞巴斯蒂恩·莫兰上校，一八四零年在伦敦出生，曾在伊顿公学、牛津大学读书。他是原英国驻波斯公使奥古斯塔斯·莫兰爵士的儿子。在班加罗尔工兵一团服过役，曾经参加过乔瓦基战役、阿富汗战役，在查拉西阿布、舍普尔、喀布尔服过役。著作：《喜马拉雅山西部的大猎物》（1881），《从林中三月》（1884）。地址：管道街。俱乐部：英印俱乐部，坦克维尔俱乐部，巴格特尔纸牌俱乐部。

福尔摩斯用清晰的笔迹在这页的空白边上注着：伦敦第二号危险人物。

"这实在太让人惊奇了，"我递还本子给他，"这个人原本是个很体面的军人呢。"

"的确如此，"福尔摩斯微笑着回答道："他在某种程度上干得非常出色，而且他很有胆量。在印度一直流传着莫兰如何爬进水沟去追赶一只受伤的吃人猛虎的事迹。华生，当一些树木长到一定高度时，会长成难看的古怪形状。这个人就是一个很好的例子。我有个观点：个人在发展中再现了历代祖先的发展全过程，像这样突然地变好或者变坏，显示出他的家系的某种影响，他几乎成了他的家史的缩影。"

"你这个想法真是很怪诞。"

"也许你说得对，我的观点是有些怪诞，不管怎么说，莫兰上校开始堕落了。他在印度尽管没有任何当众出丑的事情，但是仍然没法待下去。他退伍后回到伦敦，名声依然很坏。就在这个时候，他被莫里亚蒂教授看中了，他曾一度是莫里亚蒂的参谋长。莫里亚蒂很大方地给他钱花，但是只利用他做过一两件非常高级的案子。你也许还能记得一八八九年在洛德的那个斯图罗特太太被害的案子吧。记不起了吗？我敢肯定莫兰是其中的主谋，可惜的是找不出一点证据来，上校在做这件事时隐蔽得非常巧，当莫里亚蒂匪帮被破获的时候，我们都没办法控告他，你也许还记得，就在那天我到你寓所去看你。为了提防气枪。我不是关上了百叶窗吗？也许你认为我当时有些想入非非。但我明白自己究竟在做什么，因为我知道有这样一支很不平常的枪，而且知道使用它的人是全世界第一流的射手。咱俩在瑞士旅行的时候，他同莫里亚蒂一直跟踪咱俩，毫无疑问，就是他让我在莱辛巴赫悬崖上度过了那很不愉快的五分钟，当我在法国的时候，我就十分留意报纸上登的一些犯罪新闻，因为不把他抓捕归案，我始终不能安心，当我看到罗诺德·阿德尔被害的消息时，我觉得我的机会终于来了，就我了解的一些情况看，这不很明显是莫兰上校干的吗？他先和这个年轻人一起打牌，然后从俱乐部一直跟他到家，对着敞开的窗子打死了罗诺德·阿德尔。光凭这种子弹就完全可以送他上绞架。我立刻返回伦敦，却被那个放哨的发现了，他当然会向上校汇报我出现的情况。上校也不能不把我的突然出现同他所犯的案子联系到一起。他心里肯定万分惊恐。我猜他会立刻想法把我除掉。而且是用那支奇特的枪，我故意在窗口留下一个明显的靶子，而且预先通知伦敦警厅可能我需要他们的帮助（就是躲在那门道里的两位），然后我们找到那个在我看来是万无一失的监视点，绝没想到他会挑上那个地方来袭击我，亲爱的华生，还有什么需要我解释的吗？”

我说：“还有一点我不明白，就是莫兰上校谋杀罗诺德·阿德尔的动机是什么。”

“哦，亲爱的华生，在这一点上，我们只能推测了，在这方面，逻辑性最强的头脑也会出错，各人可以根据现有的证据作出自己的假设，你我的假设都可能对。”

“那么，看来，你已经作出了假设。”

“说明案件的事实并不困难，从证词中可知道莫兰和年轻的阿德尔合伙赢了一大笔钱。不消说，莫兰作了弊——我早听说他打牌作弊。我相信就在阿德尔遇害的那天，阿德尔发现莫兰在作弊。很可能他私下里和莫兰谈过。还恐吓要揭发莫兰，除非他自动退出俱乐部并答应从此不再打牌。对于靠打牌骗钱为生的莫兰来说，把他开除出俱乐部等于毁掉自己，所以莫兰把阿德尔杀了，那时候阿德尔正在计算自己该退还多少钱，因为他不愿意从搭档的作弊中获利。他锁上门是为了防他母亲和妹妹突然进来打扰他。我这样解释还说得通吗？”

“我认为你说出了事情的真相。”

“这将在审讯时得出证明，或者遭到反驳。同时，不管发生什么，莫兰上校不会再打搅咱们了。冯·赫德尔这支了不起的气枪将为伦敦警察厅博物馆增色不少。福尔摩斯先生又可以献身于调查伦敦错综复杂的生活所引起的大量有趣的小问题了。”

诺伍德的建筑师

“用刑侦专家的眼光来看，”福尔摩斯先生说道，“自从莫里亚蒂教授死后，伦敦变成了一座十分无趣的城市。”

“我想没有多少市民会同意你的看法。”我回答道。

他笑着说道：“对，对，我不应该这样自私。”然后把椅子从餐桌边移开，“当然了，这对社会是很有益的，除了可怜的专家无事可做外，无人受损失，在那个人正活动的时候，你几乎能在每天晨报上发现很多可能发生的情况。而且，在通常哪怕只有一点点极小的线索，一个模糊的迹象，已足够告诉我们这个狠毒的匪首在何方？就像蛛网边缘有轻微的颤动，会使你联想到隐藏在网中央的那只可恶的蜘蛛。对于掌握了线索的人来说，哪怕是很小的随意的暴行或者目的不明的行凶，都有可能和生活连成一个整体。对于一个研究上层黑社会的学者来说，欧洲所有别的首都都不具备伦敦的有利条件。可现在……”他耸耸肩膀，用很幽默的方式表示对他自己也花了不少精力而造成的现状感到不满。

我现在说话的时候，福尔摩斯已经回国好几个月了。我照着他的意思，转让了我的诊所，搬到了贝克街的旧寓所。一个姓弗纳的年轻医生把我在肯顿开的一家小诊所购买下来。他毫不犹豫就付了我冒昧提出的最高价。真让我感到奇怪。几年以后，当我发现他实际是福尔摩斯的一位远亲，钱事实上是他筹措的时候，我才恍然大悟。

就在我们合作的那几个月中，时光并非像他说的平淡如水。因为我粗略翻了一下我的笔记，就挑出了其中发生的前穆里罗总统文件案和荷兰轮船“弗里斯兰”号的案件，后者差点让我俩丧命。不过福尔摩斯性格中有冷静、自重的一面，一向不喜欢任何形式的赞美。他使用最严厉的规定约束我不说一句关于他功绩的话。我已经解释过了，直到现在才撤销了这方面的禁令。

在发了一通古怪的议论后，福尔摩斯先生靠在椅背上，悠闲自得地打开报纸，这时，一阵吓人的门铃声吸引了我们的注意，之后便是一阵激烈的敲门声，如同有人用拳锤门。门开了，我听到有人冲过过道，冲上楼来的急促脚步声。没过一会儿，有一个脸色苍白、头发散乱的年轻人，疯狂冲入屋内，双眼满是激愤，浑身发抖，他环顾四周后看见我们，在我们的逼视下，他似有歉意。

他大声说道：“两位先生，实在对不起，哪一位是福尔摩斯先生，请千万别责怪我，我就要病了，我便是那个倒运的约翰·赫克托·麦克法伦。”

他这种自我介绍的方式很特别，但是从我同伴的表情来看，并没有引起多大震动，福尔摩斯似乎毫无反应。

“亲爱的麦克法伦先生，还是请抽支烟吧，”他说完就把烟盒递向青年，“小伙子，根据你现在的状态，我的朋友会开一张镇定剂的处方给你。最近天气比较闷热，假如你觉得心情稳定了一些，请在那边椅子上坐下，慢慢告诉我们你是谁，有何事。好像我应该认得你，但是，除了你是一个独身者、律师、同济会成员，哮喘病患者如此显而易见的事实外，说实话，我对你并不了解多少。”

因为我太了解我朋友的智慧，所以我很容易领会他的推理，从这个年轻人的穿着、随身携带的物品以及他表链上的护符和他喘息的声音，我的朋友做出了推测。可是这却使年轻的委托人惊得瞠目结舌。

他说：“对极了，您说的正是我。另外，我还是伦敦最不走运的人。看在上帝的分上，您可别不理我。福尔摩斯先生，假如在他们逮捕我之前，我没有把话讲完，请您给我足够的时间，让我把话讲完，把所有事实告诉您。如果我知道有您在外边为我活动，我会十分高兴地走进监狱。”

“逮捕你？！”福尔摩斯耸耸肩说：“这真是一件太……太有趣的事情了。那么你将因什么罪名被捕呢？”

“谋杀诺伍德的约纳斯·奥德克先生。”

“哦，”他说道，“早饭刚吃过时，我还和我的朋友华生医生说大概社会上一切轰动的案件都从报纸上消失了呢。”

我们这位年轻的客人伸出抖动的手把福尔摩斯膝盖上放着的《每日电讯报》拿起来。“如果您看过报纸的话，先生，那您一定看出我今天到底为什么来找您了。我觉得几乎每个人都在谈论着我的名字和灾难。”他把报纸翻到刊登新闻的那一版。“在这里，假如您同意，我给您念一念。听，福尔摩斯先生，这是标题：‘诺伍德的神秘案件——著名建筑工程师失踪——疑为纵火谋杀案——犯罪线索’，那就是他们正追查的线索，先生，我明白它一定会引到我身上。我在伦敦桥站下车就被跟踪了，他们只等向我发逮捕证了。这会让我的母亲非常伤心的——一定会的！”在紧张的惊骇之中，他用力扳着自己的手，在椅子里来回晃动着。

我这才有机会仔细打量这个可怜的男人：他有一头淡黄色的头发，眉清目秀，但似乎有些疲倦，两只蓝色的眼睛带着惊恐的神色，脸刮得很干净，神经质的嘴角显得没有主见，年龄大约在二十岁左右，他的衣着举止颇像个绅士，从他那浅色的夏衣口袋中露出一卷签证的证书，能够说明他的职业。

“咱们要利用这一段时间，”福尔摩斯说道，“亲爱的华生，麻烦你拿起报纸念一下刚才说的那一段好吗？”

就在我们委托人引述的大标题下有一段带暗示性的叙述，我念道：

> “昨晚深夜或今日凌晨，诺伍德发生了一起意外事件，估计是严重的犯罪行为。约纳斯·奥德克先生，独身，52岁，住在锡登罕路终之幽谷山庄，因习性孤僻而闻名，平时少言寡语，很少交际，近年已经退出建筑业，但屋后仍存有贮木场。昨晚十二点左右，贮木场发生火灾，消防车不久就赶到。因为木柴干燥，火势很猛，无力扑救，直到堆积的木材燃尽才熄，到现在为止，起火原因似乎很偶然，但另外有现象显示或系严重犯罪。火灾现场没有看见主人，确实让人感到惊奇。经查实，才知户主已长久失踪，检查卧室，床上没有人睡过，保险柜门被打开，有若干重要文件散落于地上。最后发现室内曾有激烈格斗的迹象，并见有少量的血和一根橡木手杖，柄上沾有血迹。现在查明，那夜奥德克先生曾在卧室待客，手杖即来客所有。这个深夜来访者是年轻的律师约赫克托·麦克法伦，正是中东区格莱沙姆大楼427号的格雷姆——麦克沙法伦事务所的合伙人。警方确信已经找到说明犯罪动机的有力证据，总而言

之，此事有着惊人发展，毋庸置疑。”

福尔摩斯把眼睛闭上，两手指尖相对，听了这篇令人吃惊的报道。

“这案子确实有几点值得注意，”他慢慢地说：“麦克法伦先生，我想先问一下，既然听起来有充足的证据来逮捕你，为什么你还是自由的呢？”

“福尔摩斯先生，我和父母一同住在布莱克希斯多林顿寓所，但昨天晚上因为有事要为约纳斯·奥德克先生办一下，就在诺伍德的旅馆住下来了，从那里到他家把事办了。我是在火车上看到报上您刚听到的新闻，才知道发生了什么事情。我立即明白自己处境不妙，就赶来托您办理这件案子，我知道如果我在城里的办公室或家中，准会被逮捕的。我怀疑在伦敦车上就有人跟踪我——哎呀！有什么人来了？”

这时门铃响了，立刻又从楼梯那边传来沉重的脚步声。过了一会儿，我们的老朋友雷斯垂德出现在房门口。他的身后还站着两名身穿制服的警察。

我们这位不幸的委托人站了起来，脸色有些苍白。

“由于你蓄意谋杀诺伍德的约纳斯·奥德克先生，我们正式逮捕你。”

此时的麦克法伦做出一个绝望的手势向我们求救。

福尔摩斯赶忙说：“等一等，雷斯垂德先生。再过半个小时不会有什么问题的。这位绅士正要给我们讲这桩十分有趣的事情经过。这也许能帮助我们把事情搞清楚。”

“我认为弄清它并不存在多少困难。”雷斯垂德很冷酷地说。

“不过假如你同意的话，我倒有兴趣听他讲一讲。”

“好吧，先生，我拒绝你的任何要求都十分困难，因为在过去你帮助我们一两次，就我们伦敦警察厅方面，还欠你一份人情呢。”雷斯垂德说，“我必须同嫌疑犯在一起，而且不得不警告他：他所说的将成为呈堂证供。”

“这可再好不过了，”我们的委托人说，“我请您一定要听我讲，并希望你相信我讲的绝对真实。”

雷斯垂德看了一下表。“我给你半小时。”他说道。

“我必须先说清，”麦克法伦说，“我对约纳斯·奥德克先生一点儿都不了解。他的名字我很熟悉，因为多年前，我父母就认识他，但他们后来疏远了。因此，昨天下午大约三点钟时，当他走进我城里的办公室时，我感到很惊奇。在他讲明来意后，我更觉得惊奇。他手中拿着几张从笔记本上撕下的纸页，那纸上写满了潦草的字——就是这几张——他把它们放在我桌上。”

“‘这是我的遗嘱，麦克法伦先生，我要你按照正式法定的格式写出来，你写吧，我就坐在这儿。’”

“于是我便开始抄那份遗嘱。当我看到他除了留下一些财产之外，把别的所有财产全留给我的时候，您完全可以想象得出我的惊讶。他是个如同小雪貂似的怪人，有着白白的眉毛。当我抬头看他时，发现他正用一双锐利的灰眼睛盯着我。他脸上的表情似乎很开心。就在我读到遗嘱中的条文时，我简直无法相信自己的眼睛。后来，他解释说，他是个独身者，毫无牵挂，年轻时，他和我父母是朋友，而且觉得我是一个值得信任的年轻人，所以把钱交给我很放心。在当时，我只能说一些感激之类的话。遗嘱写好之后，签了字，证人由我的书记担当。就是在这张蓝纸上写的。我说过，这些小纸条只是草纸。奥德克先生接着告诉我，还有一些凭据——租约、房契、抵押契据、临时凭证等，应当让我看看。他说只有当这全部都办完他才放心，并且说，要我带上这份遗嘱去诺伍德。在他家安排一下所有的事。‘记住！孩子，在一切没完成之前，不要对你父母讲，咱们先不讲，好给他们一个小小的惊喜。’他坚持如此，还要我答应一定要做到。”

“你可以想象，我当时不愿拒绝他的所有要求，他成了我的保护人，我打心眼里想完美地实现他的愿望。我决定打电报回家，说我手头上有重要的事情，不能确定多晚才回家。奥德克先生表示他希望我能在九点钟同他一起共进晚餐，因为九点前他可能还没有到家。他住的地方很难找，我九点半才到他家。我发现他……”

听到这里，福尔摩斯赶紧问：“你且等一等！是什么人来为你开的门？”

“一个中年女人，我想他大概是女管家。”

“说出你名字的，大概就是她吧？”

“对，”麦克法伦说。

“请继续讲。”

麦克法伦用手拭拭额上的汗，继续讲道：“这女人把我领进一间起居室，里边已经摆好了简单的晚饭。后来，奥德克先生领我到卧室里，在那儿摆着一个保险柜。他打开柜门，拿出一大摞文件。我们仔细看了一遍文件，在11点和12点之间才看完。他说不让我打扰女管家。于是在他的建议下，我从窗口出去，那窗户一直是打开着的。”

“窗帘有没有放下来？”福尔摩斯问。

“这个我记得不太清楚了，不过我当时记得是放下一半。为了打开窗户，他拉上了窗帘。我找手杖，但没找到。他说：‘不要紧，孩子，我希望你常来，我会保管你的手杖，下次来取就可以。’当我离开时，卧室的保险柜正开着。桌上还摆放着小包小包的字据。天色已晚，我无法回布莱克希斯，就在安纳利·阿姆斯旅馆过了一夜。其余我一概不知，今天看报，才知道这可怕的事情。”

“你还有疑问吗？福尔摩斯先生。”雷斯垂德说，在他听完青年人诉说后，我见他有几次扬起了眉毛。

“我想在去布莱希斯之前基本已没有了。”

“你想说是在去诺伍德之前吧！”雷斯垂德说。

“是，我说的是诺伍德。”福尔摩斯说，脸上带着微笑，有些莫测高深，依据经验，雷斯垂德知道他脑子像把锋利的剃刀，能切开任何他认为坚固不摧的东西。他只是不愿承认这一点。我看见他好奇地望着我的朋友。

“福尔摩斯先生，”他说，“过会我想同你讲几句话。好吧，麦克法伦先生，我的两个警员就在门口，外面有辆四轮马车在等着。”这个可怜的小伙子站起来，眼中充满祈求地向我们最后看了一眼，走出屋门。警察带他上了马车，雷斯垂德留了下来。福尔摩斯看着手中那几页草纸遗嘱，脸上露出非常感兴趣的样子。

“这遗嘱很有特点，雷斯垂德，你说呢？”他把手中的草纸递出去。

“我能看出有些蹊跷，有几处印得不清。”他说。

福尔摩斯说：“你的看法是什么？”

雷斯垂德反问：“你如何解释？”

“这显然是在火车上写的。清楚的地方说明火车在站上，不清楚的部分说明火车在行进。最模糊的地方说明火车正在过岔道口。有经验的专家能立刻断定，这是在一条郊区铁路干线上写的。因为只有在大城市附近才能接连不断地遇到岔道。如果他在旅途的全部时间都在写遗嘱的话，那肯定是一趟快车，在诺伍德和伦敦桥间只停了一次。”

雷斯垂德似乎很佩服地笑起来。

“福尔摩斯先生，对问题的分析，你实在比我强。”他说，“你说的这些与案子有多大关系？”

“这完全可以证明这份遗嘱是约纳斯·奥德克在昨天的旅途中拟好的。一个人竟以如此不严谨的态度来写一份这么重要的文件。你难道不觉得奇怪吗？这说明他根本不重视这份遗嘱，只有根本不想让自己所立遗嘱生效的人才能这么做。”

“这相当于在同时给自己下了一张死亡判决书。”雷斯垂德说道。

“哦，你是这样认为的吗？”

“你难道不这样想吗？”

“可能性很大，不过，我还不太清楚这个案子。”

“如果这样一件案子都不清楚，还有什么比这更清楚的，有个年轻人突然得知某个老人要死了，他马上可以继承一笔财产。他该如何去办呢？他不想告诉任何人，安排了借口在晚上去拜见他的委托人。等到屋中最后的第三者睡着了。在单独的屋里杀了他的委托人，把尸体放在木材堆中烧毁，然后离开到旁边的旅馆。卧室中和手杖上的血迹很少，可能他想这点血也不能留下。凶手希望在毁了尸体后，就能掩盖杀害委托人的所有迹象，因为那些痕迹迟早会暴露出来，这不是再明显不过的吗？”

“雷斯垂德，我感觉你所讲的有些太明显了，”福尔摩斯说，“你没有想象力，但是，设身处地地想一想，你会挑选立遗嘱的晚上行凶杀人吗？你难道不认为立遗嘱和杀人两事联系得如此紧密是很危险的吗？还有，你会选择有人知道你要来，正是这里的佣人开门让你进去的这样的时机吗？最后，你会费尽心机地隐蔽尸体，却把自己的手杖留下来作为自己罪行的证据吗？雷斯垂德，你肯定会认为这都是不可能的。”

“我想，福尔摩斯先生，你我都应该清楚一个罪犯总是心情紧张、慌里慌张，常常做出头脑冷静的人完全可以避免的错误来，他很有可能不敢再回那屋里去，你还会给我另一个更符合事实的推测吗？”

福尔摩斯说：“我可以很容易地给你举出几种推测来。比如，有一个可能的甚至是非常可能的推测，我可以把它当礼物送给你，老人让那年轻人看那些昂贵的证券，因为窗帘只放下了一半，一个碰巧经过的流浪汉通过窗子看到他们，年轻人走了，流浪汉进来，看到手杖，便拿起手杖把奥德克先生打死了，然后燃掉尸体跑掉。”

“可是，为什么流浪汉要把尸体烧毁呢？”

“我也可以反问你，那麦克法伦为什么要这样做呢？”

“无非是为了掩盖证据。”

“也许流浪汉也不愿意别人知道有谋杀案吧。”

“可为什么流浪汉不顺手牵羊，拿走一些东西呢？”

“因为那些字据都是无法转让的。”

“好吧，福尔摩斯先生，你完全可以找寻你的流浪汉，在你找寻的时候，我们是不会放过这个年轻人的，将来会证明咱俩谁的观点是正确的，有一点请注意，福尔摩斯先生，就我们所知道的，没一张字据被动过。我们的罪犯大可不必把它们拿走，因为他是法定继承人，在任何情况下都能拿到。”

我的伙伴好像被这样的话刺激了一下。“我不愿意否认当前所有的证据在某种程度上有利于你的推测，”他说道，“我只是想说也许还有其他可能的推测。正如你讲的那样，将来自然会有分晓，再见吧，今天我可能顺便去诺伍德，看一看你的进展如何。”

侦探走了之后，福尔摩斯从椅子上站起来，带着人们常常面对有兴趣的事情才有的那种神情，开始为这天的工作做准备。“华生，我刚说过，我开始行动的地方是布莱克希斯。”他一边说一边匆匆穿上外衣。

“可为什么不是诺伍德呢？”

“在案件中，我们发现有两件接踵而至的怪事，警方正在犯一个错误——他们的注意力全集中于第二件事，因为他也确实存在犯罪的可能性。但我认为，应该是从没法解释的一件事下手。就是那张很不平常的遗嘱。它马马虎虎地确定，而且交给一个预料不到的继承人来继承，在这一点上如果搞清楚了，那么接下来的事情就好办多了。”

“亲爱的朋友，我认为你没办法帮忙，我单独行动也不会出现什么危险的，当晚上我看见你时，我会告诉你我为了那位寻求保护的年轻人做了些什么。”

但当我的同伴回家的时候，已经很晚了，从他那焦急和憔悴的脸上，我能很明显地看出他的所有希望都落空了。他已经拉了大概有一小时的提琴，琴声显得阴沉单调。他想使出全部力气安定自己的烦躁心情。到了最后，他猛然放下了琴，详细地讲述他失败的经过。

“这一切都错了，华生，简直是错误到了极点，我在雷斯垂德面前装得无所谓，但是从我真心来说，我相信这一次他找对了正确的路，咱们走错了。我的直觉指向一方，所有的事实却指向另一方。恐怕英国陪审团的智力还远远未达到这种高度，导致了他们宁肯接受我的假说，而不顾雷斯垂德的证据。”

“你去过希莱克希斯了吗？”

“对，华生，你说的没错，我到了之后，不久就发现那死去的奥德克是一个必须需要重视的恶棍。麦克法伦的父亲告状寻找儿子。他的母亲在家。她是一个长着蓝眼睛、个子低矮、愚昧无知的妇女，害怕和愤怒使她不停地发抖。当然，她认为她儿子根本不可能犯罪。但她对奥德克的遭遇没有惊异，也不觉得可惜，恰好相反，谈起奥德克时，她总会流露出憎恶的样子，等于她不自觉地支持警方的证据。因为她儿子如果听过她如此谈论奥德克，会自然而然地使他产生痛恨之心而行凶。‘奥德克以前与其说是人，还不如说是一个狠毒的怪物，’她说，‘年轻的时候，他就一直是个怪物。’”

“‘那时您就认识他吗？’我说。”

“‘事实上，他是最早向我求婚的人。幸亏我有眼光，离开了他，和一个比他穷一点，但绝对比他好的人结了婚。就在我和奥德克订婚后，听人讲到他如何把一只猫放进鸟舍里。他的这种残酷的举动让我极度厌恶，再也不愿和他有任何来往。’她从写字台抽屉里抽出一张照片，照片上那张脸被划得支离破碎。‘这是我的相片，’她说，‘就在我结婚那天，他把它弄成这样寄了来诅咒我。’”

“‘但是，应该清楚，’我说，‘至少他现在原谅你了，因为他的所有财产都给了你儿子。’”

“‘我和我儿子都不会要奥德克的所有东西，不管他是活是死，’她十分严肃地大声说道，‘上天有灵，福尔摩斯先生。上帝已经惩罚了这个坏蛋。到时候上帝同样会证明我儿子身上没有他的血。’”

“我试图追查别的一两个线索，结果却发现有几点恰恰与我们的假设背道而驰，最后我放弃了，到了诺伍德。”

“幽谷庄那里是一座现代化的大别墅，全体由烧砖制成，前方是庭园和种了一丛全是桂树的草地。右边是火场现场的贮木场，从那里到大路还有一段路。这是我画在笔记本上的简易图。左边这窗子是奥德克的房间，站在路上可以望进屋里。你知道吗，雷斯垂德并不在，这是我今日仅有的一点安慰，但是他的下属警长尽到了主人之谊。他们才发现了一个莫大的宝藏，他们一上午都在灰烬中找寻。除了烧焦的残骸外，还找到了几个变了色的金属图片。我仔细查看了它们，那原来是一男裤纽扣，我甚至辨认出其中一颗的标记：‘海安姆’，这是奥德克裁缝的姓，接着我检查草坪，想找到别的痕迹和脚印，可干旱的天气使一切都像铁般坚硬。什么也找不出来，只能看出像是一具尸体或一捆什么东西被拖过那腊树的矮篱，方向正向着木料堆。这当然符合警方的推测。我在草坪上爬来爬去，背上晒着八月的阳光，一个钟头后我才站起，还是跟这之前一样不明究竟。”

“在院子里没有收获，我就进去检查卧室，里面没多少血迹，只是沾了一点而已，颜色却很新鲜。手杖已被人动过，上面有很少的血迹，那手杖确实是麦克法伦的，他也已承认。地毯上可看出他及奥德克的脚印，没有第三者的，这又让警方占了上风。”

“我找到过一点点希望，不过终至成空。我检查了保险柜，其中大部分东西已取出放在桌上，那些字据都放在封锡套里，有一两个已被他们打开，在我看来，那都没有多大价值。从银行存款上也看不出奥德克先生境况有如何优裕，但我觉得并非所有的字据都在。有几处提到一些凭据——可能更值钱些，但我无法找得出来，当然如果可以证实这点，雷斯垂德的话就会显得自相矛盾。难道会有什么人去偷那些明知不久将会继承的东西吗？”

“我检查了好多地方，都没找到线索，最后被迫在女管家身上去碰碰运气。勒克辛顿太太是个矮个子，皮肤黑黑的，很少说话，有一双充满了怀疑总是斜着看人的眼睛。我相信只要她愿意说什么，她一定能说出些什么有用的来。但是她像木头人一样三缄其口。是的，她在九点半让麦克法伦先生进屋，她很后悔不该让他进来，她十点半去睡觉，她的房间在那一头，无法知道这里发生了什么。麦克法伦先生把他的帽子及一根她相信是他的手杖放在门厅，她被火警惊醒。她的主人一定是被谋杀的。哦，他有仇人吗？谁没有仇人呢？人人都有仇人，不过奥德克先生很少与人交际来往，只接见找他办事的人。她见过那些纽扣，由此断定是他昨晚穿的衣服上的。因为一个月没有降雨，木材堆非常干燥，所以烧得很快。她到贮木场时，除了大火之外什么都没看到，她和所有的消防员都能闻到肉烧焦的味道。她压根就不知有什么字据，也不清楚奥德克先生的私事。”

“喏，亲爱的华生，这就是我经历失败的过程，但……但是……”他突然握紧拳头，似乎恢复了自信，“我明白所有情况都不寻常，我也确实知道一切都不是很对。女管家知道更重要的情况。但我问不出来。她那愤怒、哀怨的眼神，只表明她自知有愧于心。不过说多了也没什么好处，除非运气找上门，否则这件诺伍德的失踪案不会出现在咱们的探案记录中了。”

“那年轻人的外表肯定足以感动陪审团的吧？”我问。

“这是个很危险的论点，亲爱的华生，还记得那个大谋杀犯贝尔特·司蒂芬斯吗？你难道曾经见过比他态度更温和、更像教会学校孩子似的年轻人吗？在1887年，他曾经要咱们帮他摆脱罪名。”

“这倒是事实。”

“除非咱们找到一个可能的假设来，否则，麦克法伦就完蛋了。在这个马上可以控告他的案件中，你找不到任何一点漏洞，进一步的调查结果反而加强了本案的证据。我想到了，那些字据中还有些很奇怪的地方。或许可以作为一次调查的起因呢！我翻看银行存折的时候，发现没剩下什么东西。主要是过去一年有几张开给柯尼利亚斯先生的大额支票。我很想了解柯尼利亚斯先生，他居然和这位重要的建筑师有如此大的交易。或许他和本案有关，柯尼利亚斯多半是个掮客，但是我没有找到和那几笔大款相符合的票据。既然如今没有其他迹象，所以我必须向银行查问那兑现支票的绅士，但是朋友，我担心此案会以雷斯垂德将咱们的委托人吊死而告终。这对于伦敦警察厅无疑是一场胜利。”

我不晓得那个夜晚福尔摩斯到底睡了有多长时间，就在我下楼吃早餐的时候，看见他容颜憔悴，他那发亮的眼睛由于黑黑的眼圈显得更明亮。在他椅子附近的地毯上到处都是烟头和当天的晨报，在餐桌上还摊着一份电报。

“华生，你看这究竟是怎么回事？”他把电报扔给我。

电报来自诺伍德，全文如下：

刚刚获得重要证据，麦克法伦已定罪，奉劝尽早放弃此案。

雷斯垂德

“听上去和真的一样。”我说道。

福尔摩斯说：“这是雷斯垂德自以为得志的小胜利，”他脸上泛起一丝苦笑，“可是，也许还不到放弃这案子的时候。无论如何，任何新证据都如同一把双刃刀，它可不一定是向雷斯垂德猜测的方向切下去的。先吃早饭吧！华生，咱们一块去看看有什么可以做的。今天我只有你的陪伴和精神援助了。”

我的同伴自己还没吃早饭。他在紧张的时候就不愿吃东西，这是他的一个特性。我曾见他因体力透支，直到因营养不良而昏倒。“我现在实在没有精力来消化食品。”他的这句口头禅是用来回应我从医学角度提出的规劝。因此，这天他没吃早餐就同我一起出发到了诺伍德，并没有引起我的诧异，有一群好奇的人围在幽谷庄外。这郊外的别墅和我想象中的一样。雷斯垂德从里边迎出来，胜利使他容光焕发，得意洋洋。“啊，福尔摩斯先生，我已证明你们错了吧，找到一个流浪汉了吗？”他高声说道。

“我还没有得出什么结果。”福尔摩斯答道。

“但是我们昨天的结论，现在证实是正确的，你得承认这次我们是走在前头了，福尔摩斯先生。”

“你脸上的表情说明发生了不平常的事情。”

雷斯垂德听了大笑起来。

“你和我有一个相同点，就是不喜欢落于人后，”他说道，“一个人不可能一帆风顺，对不对，亲爱的华生？先生们请到这边来，我想我能够完全说明本案的罪犯正是约翰·麦克法伦。”

他把我们领着走出过道，来到那边一间昏暗的门厅。

“这个地方是年轻人麦克法轮犯罪之后肯定要来取帽子的地方。”他说道，“现在请看看这儿。”他突然戏剧性地划了一根火柴，照出白灰墙上的一点血痕，他把火柴凑近些，我看到不仅只有血迹，而且有一个印得很清晰的大指印。

“请用您的放大镜看看吧，福尔摩斯先生。”

“我正用它看呢。”

“你知道没有两个完全相同的大拇指指纹。”

“我听过类似的话。”

“那好吧，请你将墙上的指纹和今天早上从麦克法伦的右手拇指上取来的蜡指纹比一比吧。”他将蜡指纹和血痕举起，这时不用放大镜也能看出是由同一拇指上印出来的，很明显我们的委托人没指望了。

“这是有着决定作用的。”雷斯垂德说。

我随和道：“你说的对，是具有决定性的。”

福尔摩斯用一种很肯定的语气说：“对！是具有决定性的！”我转过头看着他，我发现他的表情正在发生着意外变化，面部因为惊奇而不停抽动。他的眼睛像星星一样闪亮，好像在竭力忍着阵阵狂笑。

“哎！哎！”他终于说道，“有谁能够想到？光看外表多么不可靠，一点都不假！看上去那么好的年轻人！我们应从这件事上吸取教训，不要轻易相信自己的眼力，对吧！雷斯垂德。”

“对的，咱们当中有的人就是有点太自信了，福尔摩斯先生。”雷斯垂德说。这个人的傲慢真是令人生气，但是我们不好说出口来。

“那年轻人从墙上挂钩上取帽子的同时，用右手大拇指按了一下墙，真是天意！这个动作看起来是多么自然的动作，假如你细心地想一想。”福尔摩斯看上去非常镇静。但是就在他说话时，那无法抑制的兴奋使他浑身都在发抖。

“顺便问一问，雷斯垂德，是谁发现了这惊人情况的？”

“是女管家勤克辛顿太太提供给夜勤警士的。”

“夜勤警士当时在哪儿？”

“他一直待在出事现场那个卧室中不让动里面的东西。”

“可是昨天你们怎么就没有发现这血迹呢？”

“嗯，我们当时没有什么特别的原因非要仔细检查这门厅不可。再说了，你看，这里并不显眼。”

“你说得非常对，确实并不很明显，我想这血迹很有可能昨天就在墙上吧？”

雷斯垂德向福尔摩斯望去，好像在想这是不是个疯子，我承认对福尔摩斯那高兴的样子和任性的表达自个儿的意见也很惊奇。

“我不知你是否认为麦克法伦为了增加罪证，他在深夜从监狱里跑出来过。”雷斯垂德说，“我可以请世界上任何一位专家来鉴定这是否是他的拇指印。”

“毫无疑问，这是他的。”

“这就足够了，”雷斯垂德说，“我是个很实际的人，福尔摩斯先生，在没有找到证据时，我是不会轻易下结论的，如果你有什么要说的，就请到起居室来找我。我要在那里写报告。”

福尔摩斯已经基本上恢复了平静，但是从他的表情中似乎仍然可以看出，他心里正觉得可笑。

“哎，事情怎么会发展得这么糟，是不是，华生？不过这其中有些很奇妙之处，咱们的委托人还有一点儿希望。”

“你这样说我是很高兴的，”我出自内心地说，“刚才我认为他差不多没希望了。”

“我不愿听到这样的话，亲爱的华生，事实上在咱们的朋友极看重的证据中，有一个十分严重的缺陷。”

“哦？是什么？”

“就是这点：我记得在昨天我检查门厅时，墙上并没有血迹。华生，现在咱们就到有阳光的地方去散散步吧。”

在花园中，我陪他一起散步，脑子里非常地乱，心中却觉得热乎乎的。那是因为有希望存在。福尔摩斯按照顺序依次把别墅的每一面都看了看，很有兴致地检查了这房子，在他们的带领之下走进屋中。他从地下室开始一直到阁楼把整个建筑都看了一遍，大多数的房间还没有摆设家具。但他仍然仔仔细细地检查了这些房间，最后到了顶屋的走廊，那里有三间空的卧房。他突然又高兴起来。

“这案子确实很有趣，华生，”他说道，“我认为现在该是对我们的朋友雷斯垂德说真话的时候了。他嘲笑过咱们，也许咱们可以还敬他了。如果我对此案的判断证实是正确的话。有了，有了，我想我已经知道应该用什么方法了。”

当福尔摩斯找到雷斯垂德的时候，他仍然在起居室里奋笔疾书。

“我知道你正在写关于此案的报告。”福尔摩斯说道。

“对，我是在写关于此案的报告。”

“你难道不认为这样有点太仓促了吗？我认为你有些证据不足呢！”

雷斯垂德对福尔摩斯一向是非常了解的，对于他说的每一句话，他都很在意，决不会轻易忽略他的话，他把笔放下，心中感到十分好奇，他带着同样好奇的眼神看着福尔摩斯。

“你这究竟是什么意思，福尔摩斯先生？”

“我只是想说还有一个很重要的证人你还没有见到。”

“你能够把他们明确地提出来吗？”

“我想我能够。”

“那就请你赶紧提出来吧。”

“我将尽我的全力去做，你有几名警士？”

“能马上召集到的有三个。”

“简直太棒了！”福尔摩斯兴奋地说，“他们的身体强壮吗？嗓门够不够大？”

“这些条件都具备，但是我实在搞不明白他们的嗓门大小和这有什么根本联系。”

“或许我应该在这里帮你解释一下有关问题，”福尔摩斯说，“那三个警士，我需要马上见到他们，我要做一下尝试。”过了大概有五分钟，三名警士已经集合在大厅了。

“就在外面的小屋有一大堆麦秸，”福尔摩斯说，“劳驾三位现在出去搬两捆麦秸进来，我想这些有助于我找出我需要的证人。谢谢你们，华生，我相信你口袋里装有火柴，现在，雷斯垂德先生，请你们陪我到顶楼的平台上去。”

我已经说过，在那间空卧室外有一条宽宽的走廊。福尔摩斯让我们在走廊一头集合。三名警士在那里咧嘴笑着；雷斯垂德望着我的朋友，他的脸上不断闪过惊讶、期待和讥笑。福尔摩斯站在我们面前，活像一个正在变戏法的魔术师。

“我想提出这样一个要求，能否让你的一个警士去提两桶水来好吗？把麦秸放着挨着墙，现在一切就绪了。”

雷斯垂德有些生气了，他的脸色开始变红。“我搞不懂你是不是在开我们的玩笑，夏洛克·福尔摩斯先生，”他说道，“假如你明白了什么，你完全可以讲出来，用不着做这种毫无意义的举动。”

“我向你保证，亲爱的雷斯垂德，我想我所做的事情完全是有道理的，你是否记得，就在几小时前，你好像已经占上风了。你和我开了点玩笑，那你就不让我来点排场吗？华生，先打开窗户，划根火柴，把麦秸点燃，好吗？”我按照他的命令办了，那烧着的干麦秸啪啪直响，冒出火来，有一股白烟因在走廊里，被过堂风吹得飘飘忽忽。

“现在再看看能不能给你找那证人来，雷斯垂德，请各位同我一起叫‘着火了’好吗？来一、二、三——”

“哦，着火啦！”我们一起高声地喊起来。

“太谢谢了，请再来一次。”

“着火啦！”

“先生们，再来一次，一齐来！”

“着火啦！”这样一喊，大概全诺伍德都能听到。

喊叫声刚刚停息，就发生了令人惊讶的事情。在走廊尽头那边看起来很完整的墙上，突然开了一扇门，有一个短小、干瘦的人从门中冲出来，好像有一只兔子从它的洞中蹦出。

“实在太好了，”福尔摩斯很沉静地说道，“亲爱的华生，一切都明白了，现在你应该明白我所做的事情是多么的有道理，我是个多么聪明的人啊！你应该完全相信我。现在要做的是往麦秸上浇桶水。好了！雷斯垂德，现在请允许我为你做介绍，这就是你那位失踪已久的最主要的证人约纳斯·奥德克先生。”

雷斯垂德眼中充满惊讶地望着这个陌生人，走廊的光映得他不停地眨眼，他盯着我们看，又看看还在冒烟的火堆。

那是一张极其可恶的脸：奸猾、邪恶、凶狠，长着一双充满疑问的浅灰色的眼睛。

雷斯垂德终于一脸茫然地发问了：“这究竟是怎么回事？你这些时间在干什么？”

奥德克瞧着侦探愤怒的样子感到很害怕，很不自然地笑了一声。

“我又没有害过人。”奥德克说。

“没有吗？你绞尽脑汁想要把一个无罪的人送上断头台，假如没有这位先生，没准你就成功了。”

这个坏家伙开始哭泣起来。

“先生，你实在是不了解情况，我只是想开个玩笑而已。”

“啊！开玩笑？我保证你笑不出来，带他下去，在起居室等我去。”

在三个警士把奥德克带走之后，雷斯垂德继续说道：“福尔摩斯先生，刚才在警士面前，我无法启齿，但在华生医生面前，我勇于承认这是你做得最出色的一件事，虽然我不明白你是怎么做出正确结论的。你救了一个无辜者的性命，而且避免了会毁掉我在警界声誉的一场丑闻。”

福尔摩斯微笑着拍了拍雷斯垂德的肩膀。

“这不但对你的声誉无损，我的好先生，相信你还会发现你的名声大振呢。只要稍加改动你写的报告，他们会发觉妄想骗警官雷斯垂德的双眼有多么大的困难！”

“你不想让你的名字出现在报告里吗？”

“完全不，工作就等于奖励，等将来我允许这位热衷于历史的学者再次拿起笔的时候，我也许会受到赞誉的——嗯，华生！好吧，现在就让咱们来看看这只老鼠隐藏的地方吧。”

离这过道的尽头大约有六英尺的地方，曾经被抹着灰的板子隔了一小间，在隔墙上面很精巧地安了一扇暗门，小屋里完全靠屋檐上缝隙漏下的一点光来照明。里面有几件家具，还存放了食品和饮水，和一些书报放在一起。

就在我们向外走的时候，福尔摩斯说：“建筑师的有利条件帮助了他。他可以自己准备一间密室而不需要任何帮手——当然啦，他的女管家不算在内，我应该立即把她也放入你的猎物袋里。”

“你的建议我完全接受，但是你怎么知道有这样一个处所呢？福尔摩斯先生。”

“首先，我判断他就躲在房子内，就在我第一次经过这走廊时，我发现它比楼下那相同的回廊短了六英尺，那样一来，他的藏身之地就很清楚了。我也预料到他没那么勇敢，能在火警时仍保持不动。当然，我们也可以冲进去抓他，但我认为把他逼出来更有意思。再者，雷斯垂德，你上午戏弄了我，也该由我来迷惑你一次作为回报了。”

“嗯，先生，你确实向我报复了。但你究竟是如何知道他是藏在屋里的呢？”

“那个拇指印，雷斯垂德，你当时说它是决定性的，在完全相反的意义上，它果真是决定性的。我知道在前天，那里还没有这个指印，我非常注意细节，你也许知道这一点了，而且那天我检查大厅，那墙上实在是什么都没有，因此，那指印是在夜里印出的。”

“但是这是怎么印上去的呢？”

“很容易，那晚他们把分成小包的字据用火漆封起来的时候，约纳斯·奥德克让麦克法伦在其中一个封套上的热火漆上用大拇指按一下来粘牢它，那年轻人很自然地尽快那样做了，我相信恐怕连他自己也给忘了，很可能这事是碰巧发生的，奥德克自己当时并没想要利用这一点。后来在密室里，他在思考这案子的时候，忽然想到可以利用这指印来造出一个可以证明麦克法伦有罪的凭证。他只需从那个大漆印上取下指模，用针刺出足够的血涂在上面。在夜里自己或让女管家打印在墙上就好了。这是世上最简易的事，如果将他的秘密文件检查一下，也就是两个带入密室的文件，你一定可以找到那有指印的火漆印。我可以打赌。”

“妙极了！”雷斯垂德赞叹道，“实在妙极了，听你这样一说，一切都真相大白了。但是福尔摩斯先生，这个大骗局的目的又是什么呢？”

我感到简直太有趣了，这位态度轻慢的警探怎么忽然变得像小学生问老师问题一样。

福尔摩斯胸有成竹地说：“解释这个问题实在很容易。那个在楼下等候的绅士是位狡猾、狠毒、记仇的人，你明白麦克法伦的母亲曾拒绝过他的求婚吗？你不知道？我早对你说过你应当先去布莱克斯希斯，再去诺伍德。到了后来，这种情感上的伤害在他邪恶狡诈的心中生成了怨恨，他一生致力于报复，但没有找到机会，最近一两年，情况变得不利于他——大概是暗中进行的投机失败，他发觉自己处境不妙，决定要骗取他的大额支票，我想这个人就是他本人，只是用了另一个名字而已。我还没追究过这些支票，但我相信它们已全用那个名字存在了外地小镇的银行中，奥德克去那里进行一种双面人的生活，他谋算着以后更名改姓，取出这笔钱，接着去另外的地方重新开始生活。”

“嗯，绝对有可能。”

“在他认为，如果他可以做出这样一个假象，就是他被旧日情人的独子谋杀，他就可以销声匿迹，同时又对旧情人进行了报复，这个毒辣的计划真是杰作，他如一个大师般实现了它。那张遗嘱是为了造成一个显著的犯罪动机，要麦克法伦偷偷来见他而不告诉父母，故意藏起手杖，卧室外的血迹，木料场中的尸影和纽扣——这一切都令人惊服。他布下天罗地网，仍很牢固，但他缺少艺术家所具备的那种适可而止的天赋，他画蛇添足，想把已套在这不幸青年脖上的绳索拉得更紧些。最后他毁了一切，下楼去吧，雷斯垂德，我还要问他几个问题。”

那个恶棍坐在自己的起居室里，两边分别站着一个警士。

“那只是个玩笑，我的先生——一个恶作剧，没有别的企图，”他不断哀告，“我保证，先生，我藏起自己只是想象失踪会造成的影响。我相信你不至于认为我会使年轻的麦克法伦受到什么伤害吧！”

“那一切要由陪审团来决定，”雷斯垂德说，“无论如何，即使不判谋杀未遂，你也难逃密谋的控告。”

“你大概将要看到你的债主要求银行冻结柯尼利亚斯先生的存款了。”福尔摩斯说。

奥德克大吃一惊，回过头凶恶地盯着我的同伴。

“我要多谢你呀！”他说，“总有一天我会报答你的恩赐的。”

福尔摩斯幽默地耸耸肩，微笑了一下。“我想今后几年你不会有时间做别的了，”他说，“顺便问一下，除了裤子以外，你还丢了什么进木材堆？一条死狗？兔子？或是什么别的？你不愿说吗？哎，你太不客气了！没关系，我想两只兔子足够解释那血迹和烧黑的骨灰了。华生，假如你要写一下经过的话，不妨说就是兔子吧。”

跳舞的人

福尔摩斯几个小时来一直坐在他的位子上沉思。在他的面前是一只长长的化学试管，里面正沸腾着一种非常臭的化合物。他尽量把头凑近那只化学试管，为的是更清楚明了地观察化学试管里化合物的化学变化。

他出乎意料地冒出一句：“华生，你不想到南非投资是吧？”

他这句话问得我惊异不已。他揣摩别人的能力我一直都很佩服，但此时此刻他随便一句话就点破了我的心思，这就更令我不得不重新看待他的能力。于是我问他：“从哪里看得出来呢？”

他不再背对着我，而是手持那只化学试管和我面对面地坐着。他的眉头微展，一丝微笑挂在脸上。

“哈，华生，你感到有点惊异吧！”

“你说得很正确。”

“我想你不妨记下我刚才对你说的话，然后在纸上复写一遍。”

“这是为什么？”

“很简单，过了几分钟后，你就会觉得这件事情一点都不复杂。”

“我不这样认为。”

“但是你必须承认，我的朋友。”他重新把化学试管放回架子上，作了一番独特的见解，他说，“推理一件事情，只要选好突破口，要做到思维清晰，中间不脱节，环环相扣，这并不难。紧接着你只要去掉中间的推理过程，你的听众就能够按照你的思维去思考，你的旁敲侧击，会让他们恍然大悟的。我一看到你左手的虎口，我就敢断定你不想把你那一笔钱投资在金矿方面。”

“我还是不明白，这里面有什么关系吗？”

“好像没有，但是我能够马上告诉你它们关系密切。这一系列的内部关系是：第一、昨天晚上你从俱乐部回来，我发现你左手虎口上粘有白粉；第二、你左手虎口上粘有白粉原因很简单，你在打台球的时候为了稳定球杆；第三、塞斯顿不在场，如果他在场，你是不会打台球的；第四、你四周前对我说过，塞斯顿掌握了南非基地金矿的采挖权，只有一个月的期限，他希望你能够和他联手开发；第五、你的支票本在我的抽屉里锁着，你一直没和我要过钥匙；第六、就是你不想和塞斯顿合作。”

“这的确是这样的。”我差点拍了一下福尔摩斯的肩膀。

“是这样的！”他脸色并不高兴，他说，“把原因一说了，什么都不是问题了。我这里有个不明白的问题，我要向你请教，我的朋友。”他把一张纸条丢在桌上，请我解答。

纸条上画着一些莫名其妙的符号，我在它的面前露出了难堪的脸色。

“这好像是张小孩画的图画。”

“你可以接受你的看法，我不这样认为。”

“你说是什么呢？”

“希尔顿·丘彼特先生也想搞清楚这个问题。他住在洛福克马场村庄园。今天早上他给我寄来了一封信，信里面谈到了这张画，画是夹在信里面的，他马上就要来了。”

楼梯道的脚步声很沉闷，没过多久，一个身材魁梧、长得精悍的大汉走了进来。他明亮的眼睛和红润的脸庞能够证明他不住在多雾的伦敦。当他跨进我们房门的时候，我们能够感觉到他身上那股清爽的气息。他和我们礼节性地握了握手，这时他看到放在桌上的那一张纸条，他的脸色立刻变得忧郁了起来。

“尊敬的福尔摩斯先生！这到底是怎么一回事？”他愤怒地说道，“这张鬼东西令我压抑不住心中愤慨的怒火。我是久仰你的大名才把这鬼东西寄给你，我希望你能够帮助我。”

“我理解你愤愤不平的心情，我的心情现在也很不平静。这些跳舞的奇形怪异的小人儿，像孩子们画的东西。你为什么这样重视这张画？”

“我才不会为这张鬼东西费去我宝贵的精力呢。但是我的妻子非常看重它。这张东西的出现让她寝食难安。她没有说她对这张鬼东西恐惧的原因，我很想搞清楚这张鬼东西到底是什么鬼玩意儿，害得我亲爱的妻子如此失魂落魄。”福尔摩斯又重新审视了这张奇怪的画。他在太阳光底下看到这张画是用铅笔画的，他很快在他的笔记本上记上一页。

福尔摩斯又十分细心地察看了那张奇怪的画，最后把它放进了他的贴身口袋里。

“我想它会变得更有趣更曲折，我是说事情的发展趋势。你的信我已经细读了，我已经掌握了一些可靠的线索，我的朋友华生医生对这件事情也很感兴趣，你不妨跟他讲讲。”福尔摩斯对希尔顿·丘彼特说。

“好的，我很愿意做这件事情，多一个朋友知道，就多一份解决问题的力量。”丘彼特先生有点紧张地说道，“事情应该从去年结婚期间讲起，我想事先说明的是，我并不富有，我的家族居住在马场村大概有几百年的历史了，我家是当地的名门望族。去年，我到伦敦参加维多利亚女王在位六十周年的纪念大会。我旅居在罗素广场的一幢公寓里。在公寓里还住着一位年轻美丽的美国小姐，她叫爱尔茜·伯特里克。我们很快交上了朋友。我们俩真是一见钟情，我们热恋了起来。我想娶她做我的妻子。我们没有大张旗鼓操办我们的婚事，福尔摩斯先生，你肯定会为我这种鲁莽的结婚方式而感到不可思议吧。但是我不这样认为，我能为我自己娶到这样一位妻子而感到高兴。”

“爱尔茜·伯特里克也非常爱我，她很愿意嫁给我，她的性格很直爽。我不能否认她曾经对我说过要我好好考虑考虑我们之间的婚姻大事，到时候可能会后悔。你们想我这么爱她我怎么会后悔呢。她曾经直言不讳地告诉我：‘我和一些不三不四的人交过朋友，我现在只想好好地静一静，我不想再回到过去。假如你真想娶我的话，你必须向我保证你再也不会在我的面前提起我的往事，你如果觉得我提出的条件很苛刻，就让我仍然过一个人的日子吧！’她在我们结婚的前一天还这样对我说，我告诉她，我再也不会让她受到任何伤害，我也答应了她的要求。”

“我们结婚至今已经有一年了，我们俩生活得非常和睦非常快乐。真是天有不测风云，我们的生活有了波澜。大概是在一个月前，有一天，我的妻子突然收到一封从美国寄来的信。我看见信封上贴着的是美国邮票。她一看到那枚美国邮票脸色就惨白了，她把信一看完就烧掉了。她没有再提到这件事，我也没有问她。我必须遵守我的诺言，从那天起，她的神情就大变了起来，似乎看到了什么恐怖的东西，她好像预感到什么东西会出现。她是一个善良的女人，虽然在以前可能有一段不幸的生活，但我敢肯定那绝对不是她的错。她嫁给我，也绝对没有损坏我的家族声誉。”

“让我们好好来谈谈这张鬼东西出现在我家的情况吧。大概在一个礼拜之前，也就是上个星期二吧，我意外地发现了一个窗台上画了一些十分有趣的跳舞小人儿，和这张纸上的东西一模一样，是用粉笔画的。我还以为是我家那个小马夫画的呢，但他指天发誓他并不知道这件事情。我把那些画在窗台上的鬼东西全部擦去了，后来我告诉了妻子。她非常重视这件事情，她吩咐我，如果还有这种东西出现，一定要告诉她。事情又在昨天早上发生了，我在我家花园小道上看到了这张画，我立刻拿给爱尔茜看，她刚看一眼就昏倒了。她从那天看到这张鬼东西后，一直都失魂落魄，惶惶不可终日。我不敢再耽误下去了，我马上就把信连同画一并寄给了你。我知道如果让警察知道这件事情，他们一定会嘲笑我的，我相信你，福尔摩斯先生。我会不惜一切代价保护我的妻子。”

我们从他那张激动的脸上，可以看出他对他妻子的深爱和信任，福尔摩斯全神贯注听他讲完后，开始了沉思。

“希尔顿·丘彼特先生，最好的解决办法就是让你妻子说出她内心的隐秘。”

希尔顿·丘彼特为难地说道：“我是男子汉，我不会做出任何有背诺言的事情。爱尔茜如果真心愿意对我倾诉，她会对我说的；她不愿意，我绝不会强迫她说。我相信你的能力，事情终究会水落石出的。”

“感谢你对我的信任，好吧，我问你，你家有没有来过陌生人？”

“没有。”

“我想你家是住在很僻静的地方，任何陌生人的出现都会引人注目，对吧？”

“在我家附近一带是这样。但是离我家不远，有一个马场，那里经常留外人住宿。”

“这些莫名其妙的东西内容十分丰富。它们不是随便画成的。这张纸上所画的东西一定有规律可循，我想要搞清楚这些莫名其妙的玩意儿不是一天两天就能办好。还有，我手头到目前为止掌握的线索并不充足，仅仅从一张莫名其妙的画的内容入手，我觉得困难很大，我希望你先回家再细心观察一番，一有情况马上通知我。还有，你必须把那些新近出现的跳舞小人按原样描摹下来，时时刻刻密切关注事情的发展状况，记住，一有新情况，马上通知我。”

送走了希尔顿·丘彼特，福尔摩斯的情绪很不好。这几天，我看见他几次从笔记本中抽出那张纸条，全神贯注地望着纸上的那些奇异的符号。大概又过了两个星期，有一天下午我要出去，他把我叫住了："华生，你能不能不出去呢？"

"有什么事情吗？"

"今天早上我收到希尔顿·丘彼特的一封电报，又是那些古怪符号的事，我从他的电报中推测出他发现了新的重要线索。"

我们在房子等他的时间不算长，希尔顿·丘彼特用最快的速度跑上了楼，他的精神和情绪明显地不怎么好。

"为了这件事情，我真是伤透了心，福尔摩斯先生，"丘彼特一边说一边坐倒在椅子上，他痛苦地说道，"对手在暗处，而你在明处，这样的处境真是令人担心，但是我到现在都还不知道我的对手是谁，我真是太痛苦了。现在我和我的妻子都非常痛苦，我的妻子为这件事情也伤透了心，她越来越瘦弱了。"

"她一直都没有向你说什么吗？"

"什么都没有说，她什么也不肯对我说。我明白她内心的痛苦，我一直想为她分担痛苦，可能是我做得太笨拙了，她吓得再也不敢提起这事了。她时常谈到我的家族名誉，往往在这个时候我以为她就要向我倾诉她的隐秘了，但不知为什么，话到嘴边她又绕开了话题。"

"你最近有没有什么新的发现？"

"有，有，挺多的，我带来了几张新的画，我还看到了我的对手了。"

"是吗？画鬼玩意的那个人吗？"

"没错，我亲眼看到他在我家庄园上画这鬼玩意。自从我上次从你们这里回到家后，也就是第二天大清早，我在工具房门上又看到了新画的跳舞小人，仍然是用粉笔画的。这工具房和草坪在一块地方，它正好对着前窗。我照着画下了一张。"他拿出了一张纸，在桌上摊开。

“很好！很好！请说下去。”福尔摩斯说。

丘彼特又接着说：“我一描下来后，马上就擦去了。但是两天后，我又发现了新的。”

福尔摩斯兴奋地擦了擦手背。

“线索越来越充足了！”他高兴地说。

“三天后，我又在花园的小路上发现了一张纸条，上面压着一块大鹅卵石。纸条上画的鬼东西跟上次那张一模一样。从那天开始，我就决定守夜。我右手拿着枪，坐在书房不睡。我在等待那个该死的家伙。从书房往外面看，草坪和花园全都在我的视野之内。半夜三更的时候，我听到背后有脚步声，我妻子穿着睡衣来叫我去睡觉。我对她说我倒要瞧瞧是何方神圣竟敢三番两次地来骚扰我们。她恳求我不要去理睬那些恶作剧。她对我说：‘我们可以出去旅行，不去搭理那些无聊的恶作剧和那些无聊的人。’我气恼了，说：‘我不会放过那个该死的家伙，我们为什么要逃避，这不是我们的错！’她说：‘好吧，先睡觉，明天再谈吧。’”

“正在她说这句话的时候，我看见了她的脸在灯光下忽然由红润变得惨白起来。她的左手在使劲地拽我的肩膀，我使劲地挣脱，就在这个时候，我突然瞥见了工具房的墙角下有一个人影在走动。那个人影偷偷地摸到工具房门口，我又惊又怒，我握紧了枪就往外冲。她从后面抱住了我，我那时只想收拾那个该死的家伙，我不顾一切地推开了我的妻子。当我赶到工具房门口的时候，什么都没有了，那个该死的混蛋逃走了。我看见门上又画了一些跳舞的小人儿，一模一样的小人儿，我寻遍了庄园各处，什么也没有发现。当我再次去工具房检查的时候，我看到了房门上又增加了些新画，原来那个混蛋还没有离开我的庄园。”

“你把房门上那些新画照样描下来了吗？”

“画下来了，都在这里。”

希尔顿·丘彼特又从口袋里取出一张纸来。

“那么，这些是描在前一行下的呢？还是前后分开的？”

“它们原来都是画在另一块门板上的。”

“太好了！这条线索的作用非常大，我看到破案的曙光了。丘彼特先生讲下去吧！”

“还有什么好讲的，福尔摩斯先生，那天晚上我简直肺都要气炸了，我生我妻子的气。她如果不在紧急的时候抱住我，那么我就可以收拾那个该死的混蛋了，最起码我可以将那个家伙打伤，他早就应该尝尝我的厉害。我妻子事后告诉我，她拽住我是害怕我会受到意外的伤害。我当时想到的是：她不是怕我受到伤害，而是害怕那个该死的混蛋受到伤害。但是我从我妻子的语言以及她的眼神中可以明显体会到她的确很担心我，我想约上农场里几个健壮的青年埋伏在暗处，只要那个混蛋一出现，我们就往死里打，不让他知道我的厉害，我决不会罢休的。”

福尔摩斯听完他的叙述，马上就阻止他：“这样做没用，反而会打草惊蛇，你时间急不急？”

丘彼特先生说：“我今天还必须赶回家，我妻子一个人在家我不放心，她非常害怕，她希望我早点回去。”

“既然是这样，你就先回家吧！你妻子确实很需要你的保护。我本来想过几天和你一道到你家的，好吧，你先留下这些玩意儿吧，我会为你处理这些棘手的问题。”

福尔摩斯把希尔顿·丘彼特先生送到门口，就没有再送了。他关上门，脸色很平静，从他的眼神里我看出了他对这种案子有一定的驾驭能力。他在桌边忙了起来，他麻利地把所有画有古怪符号的纸条都摆在了桌上，并且仔细地进行了拼凑，在拼凑的过程中，他对这些古怪的符号进行了破译。在长达两个小时里，他的左手和右手从来没有放下过那些画有古怪符号的纸张。他太投入了，他对我视而不见，我明白这是他的工作习惯，到了最后，他欢快地吹了一声口哨，我想他的工作暂时就要告一个段落了。他已经写好了一份电报，电报比较长。他高兴地摇晃着手中那份长电报说：“华生，假如回电中有我希望得到的东西，案子就快要结案了。”

那个时候，我真想向他问个明白，事情到底是怎么一回事，但我清楚福尔摩斯到了适当的时间，他会告诉我这个案件的一切的。

回电迟迟不到。我们坐在房间里整整等了两天，终于在等二天傍晚，希尔顿·丘彼特用一封信的表达方式向福尔摩斯回报了情况。他在信里面说他家没有发生什么意外。但是在庄园小路上又发现了一张一模一样的跳舞小人儿。信里面夹寄来了一张。福尔摩斯马上摊开了那张纸。他仔仔细细地观察了几分钟，突然他发出了一声惊叹，他的脸色也焦急起来。

“事情发展得越来越不妙，我们再也不能袖手旁观了，现在有没有去洛福克的火车？”

我拿出了列车时刻表，晚上最后一趟火车早开走了。

“糟糕，看来没有办法了，我们只能搭明天的首班车。”福尔摩斯说得很急，“一定要我们出马才行。算了，电报也不用拍了，事情紧急得很。事实摆在眼前，我看了丘彼特这份电报，我就知道事情发展到一触即发的程度了，丘彼特先生的生命受到了威胁。”

事实上正如福尔摩斯所意料的，事情发展到最后竟然发生了暴力、恐怖等行为。福尔摩斯的脸色让我预感到事情复杂了起来。为了把这件曲折、复杂的案件真相叙述完整，我想和福尔摩斯有关的事情都不能忽略，因为他是这起案件的破获者，福尔摩斯最有资格在这起案件上发言。

我们搭乘火车到达了洛福克火车站，火车站的站长向我们走来，他问我们：“你们是从伦敦赶来的侦探吧？”

福尔摩斯微微地皱了皱眉头，他很反感他的行动受到一些莫名其妙的人的关注。

“你怎么知道的？”

“这是洛福克的警长马提经过火车站告诉我的，你们当中有一个还是外科医生。丘彼特夫人还没有死，但是伤势很严重，可能活不了多久。”

福尔摩斯满脸尽显焦急神态。

“我们要赶到马场村庄园去，但是我没有听说那里出了什么事啊？”福尔摩斯说。

站长说：“这是一起谋杀案，恐怖的谋杀案，希尔顿·丘彼特夫妇遭到了枪击。事情是这样的，丘彼特夫人先把她丈夫用枪打死了，然后自己朝自己开枪，她命大，没有被枪打死，不过她也活不了多久了。要知道，他们原来生活得多么美满幸福啊！哎，真惨！”

告别了火车站站长，我们匆匆忙忙地上了马车。在长达九英里的路途中，福尔摩斯什么话也没有说，他在沉默中思考。一切都出乎他的意料。我看到他的脸色和眼神失去了往日踌躇满志的光彩。他内心一定很痛苦，要知道，他不愿看到的事情出其不意地发生了。他脸上有一种茫然的神情。好在沿途的风景不错，气氛不算死气沉沉。这一带聚居的人已经不多了，农舍没有多少，分布得稀稀落落，宽广的田野围绕着稀落的农舍。马场村庄园离我们越来越近。马车夫用鞭子指着前面不远处的小树林，小树林围绕着一个大庄园，他告诉我们："马场村庄园就在那里。"

马车带着我们来到庄院大门口才停了下来。庄院里纷纷扰扰有一些争吵的声音。大门口也站立着一些围观看热闹的人。一个矮个子从我们旁边停着的一辆马车里跳了出来，他的动作非常敏捷、果断。他走向我们，自我介绍了一番，他说他是洛福克警察局的马提警长。

"你好啊！福尔摩斯先生，这件案子发生在今天凌晨三点。你的消息可真灵通，速度也比我快。"

"这早在我的意料之中。我本来想赶到这里阻止这件惨案发生。"

"那么你对这件案子一定是了如指掌了，而我仅仅知道他们夫妻一向生活得很美满。"

"我掌握的只是几张古怪的画纸，纸上画有一些古怪的符号，我掌握的仅仅是这些。至于案件的事发原因我以后再跟你说吧。警长先生，我们是各干各的，还是共同参与？"

"假如我真能够和你一起调查这个案件，我会感到十分荣幸。"马提警长非常诚恳地说道。

"我能和你一起合作也感到十分荣幸。我想立刻听到证词，马上调查案发现场！"

马提警长非常聪明，他让福尔摩斯随便询问目击者以及调查宅院各处的线索，他自己在一旁做笔录。洛福克医院的外科医生是一个上了年纪的老人，他刚从丘彼特夫人的卧室出来，他告诉我们丘彼特夫人的伤势十分严重，但性命无忧。子弹穿过她的额头，她昏迷了过去。她到底是被打伤还是自伤，他不敢随便定论。但可以肯定的是这一枪是从近处打的。在书房里只发现了一把枪，里面只打了两发子弹。丘彼特先生的心脏被子弹打穿了，当场死亡。他们夫妻俩都有凶杀对方的嫌疑，因为那把枪掉在他们正中的地板上。

“谁搬动过他没有？”福尔摩斯问。

“没有。丘彼特夫人受伤严重，她家的仆人把她抬出了卧室。”

“你到这里有多长时间了，医生？”

“从凌晨四点钟开始到现在。”

“就你一个人在吗？”

“马提警长也在场。”

“你没有动什么吧？”

“没有。”

“你有保护现场的经验，是谁给你报的警？”

“丘彼特先生家的女仆人桑德思。”

“是她首先发现的？”

“还有厨师金太太。”

“桑德思和金太太在不在？”

“应该在厨房。”

“我们听听她们是怎样说的。”

丘彼特家的大客厅一下子就变成了调查庭。福尔摩斯坐在一把老式的椅子上，他的情绪并不乐观，一脸的严肃和庄重。虽然如此，我还是能够从他的眼神看到他坚毅的内心。他很专注也很执著，不管遇到什么困难，他都不会放弃。坐在丘彼特家大客厅里的还有穿戴整齐的马提警长，那个头发和胡子都白了的外科医生以及我和一个当地警察。

桑德思和金太太回忆得很详细。首先她们是被一声爆炸惊醒的，紧接着又响了一声。金太太立刻用最快的速度奔到桑德思的房间。她们一起下了楼，书房门敞开着，桌上点着一支蜡烛。丘彼特先生趴在地板上，已经死了。丘彼特夫人在窗前瘫着身子，脑袋紧挨在墙上。她伤势严重，满头都是污血，嘴里不断地喘着粗气，一句话也说不出来。走廊和书房里充满了火药味和烟味。窗子是关着的，窗里还插上了栓头。她们吓得要命，她们马上就派人去找医生和警察。她们虽然吓得要命，但处事却不慌乱。她们在马夫和喂马人的帮助下抬出受了重伤的丘彼特夫人，抬回到她的卧室。出事前他们夫妇早就睡了，她穿着衣服，他的睡衣外面套着便衣。书房里的东西都没有动过，保存得非常完整。丘彼特夫妇给她们两个仆人的印象，一直是和和睦睦的，从来没有斗过嘴。

听完了两个女仆的叙述后，马提警长又问她们当时宅院门的安全情况，她们都异口同声地回答，宅院里每扇门都闩好了，没有人能够跑出去。福尔摩斯也问了她们一些有关于她们自己的问题，在问到枪响时周围动静的问题时，她们都肯定说她们从楼上跑出来的时候，就闻到了火药味。福尔摩斯对马提警长说："这个事实不要忽略，是我们仔细检查那间书房的时候了。"

书房不大，但书挺多的，占据了书房三分之二的空间，书房有一扇开向花园的窗子，房子中间摆着一张书桌。丘彼特的尸体横趴在地板上，已经死去多时了。致命的子弹从他胸口穿过。射穿心脏后仍残留在心脏里面。他的袍衣和手上都没有火药的痕迹。那个老医生说过，丘彼特夫人的脸上有火药的痕迹，但是她手上没有。

"死者和幸存者手上没有火药痕迹，并不能说明什么问题，要是有的话，那么情况将会完全不同，"福尔摩斯说，"如果子弹本身有问题，它在打出的时候，火药会往后倒喷，否则打多少枪手上都不会有火药的痕迹。但这是不可能的，根本不会存在这种情况，丘彼特先生的遗体可以搬走了。医生，丘彼特夫人额头里面那颗危险的子弹还没有取出来吗？"

老医生说："这个手术并不简单，稍有差错就会危及生命，难度挺大，这需要时间。那支枪中总共有六发子弹，打了两发，剩下四发，两发子弹制造了两个伤口。事情就是这样。”

福尔摩斯冷冷说道：“表面上是这样，但打在窗柜上那颗子弹又怎么解释呢？”话还没说完，他的身子突然转动起来，身子转动的方向和手指的方向一致，方向都朝向了窗框底边一个不起眼的小洞。

“哎呀！我怎么没有发现！”马提警长惊讶地说道。

“我一直在寻找它。”

“这绝对是一条重大的线索！”老医生说，“福尔摩斯先生真是明察秋毫，什么都逃不过你的眼睛。事实上应该是打出了三发子弹，窗框上这颗子弹是这件案子最大的疑点，当时案发现场一定还有人在场。是谁呢？他是怎样逃走的呢？”

“只要解开这个疑点，我想这个案子就容易、清晰多了。”福尔摩斯对马提警长说，“警长先生，你应该还没有忘记桑德思·金太太说过她们一出门就闻到了火药味吧。我也说过有关她们提供的这个线索很重要，对吧？”

“不错，先生。我当时并不清楚你要说明什么东西。”

“这就证明了在开枪的同时，门窗都是开着的，要不然火药的烟不可能有那么快吹上楼，这一定是书房的门窗打开了，有风进入。但是书房的窗户打开时间并不长。”

“从哪里可以看得出来呢？”

“如果没有风，书桌上的蜡烛就会正常地燃烧。”

“绝妙！绝妙的推理！”马提忍不住拍掌叫好。

“惨案发生的时候窗户是打开的。有人在窗外放暗枪，那个人的子弹打中了书房里的人。书房里的人立刻还击，但子弹却打在了窗框上。窗框上那个弹孔证明了我的假设是成立的。”

“窗户又是怎么关上的呀？”

“丘彼特夫人出于本能关上窗户。咦，这是什么东西？”

书桌上放着一个鳄鱼皮镶银边的女用手提包，十分精致。福尔摩斯打开它，里面的东西全部被他倒了出来，包里面装的是一沓英钞，五十英镑一张的共有二十张，用橡皮筋扎在一起。除此之外，别无他物。

“这个手提包是日后当庭作证的证物，好好收管。”福尔摩斯慎重地把手提包和钱交给了马提警长。他接着又说：“我们一定要搞清楚这些打出去的子弹。第三颗子弹，也就是打中窗框上的子弹。从木头碎片情况来看，子弹分明是从屋里面打出去的，我想再问一下金太太，你说过你是被很响的爆炸声惊醒的。是不是它比第二声要响呢？”

金太太回答：“这是一个难题。我是被惊醒的，很难说。但是那枪声听上去真的很响。”

福尔摩斯说：“你没有感觉到是两枪齐发吗？”

“很难辨别，当时我刚刚惊醒。”

“的确是两枪齐发。警长先生，不用再调查了。假如你愿意同我一起到花园走一趟的话，我们肯定又会发现新的线索。”

书房窗前是一座花坛，福尔摩斯带着我们来到花坛前，我们都发出了惊叫。我们看到花坛里的花都被踩倒了，乱七八糟地踩满了足印。那是男人的大脚印，脚趾特别细长，福尔摩斯在花坛里细心地搜查着什么。突然，他站直了身子，手上已经多了一个圆圆的小铜管。

“果然不出我所料，”他兴奋地说，“那支左轮手枪有推进器，这就是第三枪的弹壳。马提警长，这起案子马上就要了结了。”

马提警长对福尔摩斯的探案速度有点不适应，他除了惊讶外脸上再没有其他表情。刚开始调查的时候，他还能够从中插上自己对此案的见解，现在根本插不上话了。

“那么是什么人开的枪呢？”他只能这样问福尔摩斯了。

“我们会有机会再次谈论这起案子的。我还有几个地方没有弄清楚，只有弄明白了那几个不清楚的地方，我才能清楚地回答你这个问题。”

“好吧，事实上让凶手落网才是我们要做的头等大事。”

“我不是要在你面前玩什么把戏，事出有因，我一时之间还不能够向你解释清楚。我只要掌握了必备的线索和资料，我想就算丘彼特夫人再也不能回忆那天晚上的情景，我们仍然能够调查出凶手是谁。我必须先搞清楚这儿是不是有一家名叫‘埃尔里奇’的旅店。”

丘彼特家的仆人都不知道埃尔里奇旅店在什么地方。当问到那个喂马的小孩时，他说在东罗斯顿方向，离这里几英里的地方住着一个名叫埃尔里奇的农场主。

“那个地方很难找吧？”

“没错，先生。”

“或许那儿的人还不知道昨天晚上这里发生的事情吧？”

“或许吧。”

“你骑上一匹快马，我希望你能够帮我送封信去埃尔里奇农场。”

福尔摩斯立刻从贴身口袋里掏出很多画着跳舞小人的纸条，他在书桌折腾了一阵，最后，他递给了喂马小孩一封信，嘱咐他一定要把信送到收信人的手上，千万不要和收信人谈话。我看到了信头上潦草地写上了收信地址和收信人的姓名，字体根本就不像他平常的字体。信头上写着：洛福克，东罗斯顿，埃尔里奇农场，阿贝·斯伦尼先生。

福尔摩斯送走送信人，接着又对马提警长说：“警长先生，捉拿杀人凶手的时候马上就要到了。你应该多派几个警察来，现在还来得及，这个杀人凶手非常危险，他的暴力倾向很强烈。华生，我们下午有足够的时间回伦敦。我们再等待一段时间吧，案子就了结了。”

福尔摩斯不待马提警长开口说话，他又吩咐所有仆人：“假如有人来看望丘彼特太太，马上把客人带到客厅去，千万不要说出丘彼特太太的真实身体状况。”他一而再，再而三地嘱咐丘彼特家仆人谨记这些。说完，他就带着我们一行人到客厅去了。他对大家说，我们必须有守株待兔的耐心。然后他又说，大家也不必这么紧张，要放松。此刻客厅里只剩下福尔摩斯、警长和我三个人。

“如果大家不反对我用这种方法来消磨时间的话，我很愿意这样做。”福尔摩斯口里说着，然后把椅子搬到桌子旁边，把那些画有古怪符号的图纸都拿出来推到桌上，“我向大家说一说我对这件怪案的看法吧。首先，我希望你们不要误会，我不是故意要炫耀自己的侦探才能，事实上我做得非常不足，我对这起怪案的第一印象，是希尔顿·丘彼特先生先后两次到贝克街找我时为我提供的。一接到这个案子，我就有一种预感，这起案子不那么简单。我看到了希尔顿·丘彼特先生带来的古怪符号图纸，也就是这桌上这些，一些有趣的跳舞小人儿。我对各种各样的密码文字了如指掌，我还撰写过这方面研究的论文，在论文里我精密地分析了一百六十种不同的密码，但是这种古怪符号我还是第一次看到，这种符号的制造者真实目的是想遮人耳目，让别人以为它是信手涂写的儿童画，而看不出符号传达的真实信息。答案就在里面，看出这些符号的代表字母，再用密码的规律来分析，答案很快就会出来。丘彼特先生给我第一张纸上的那句话很短，我的把握能力在这个时候还不敢胡乱把握这些古怪符号，我能肯定的是代表的是E。E在英文中是最常见的，E字母在第一张图纸中使用得最频繁，图纸中十五个符号，有四个是E。符号里有的带小旗，有的没有。从图形的分布情况来看，那些图形应该是用来把句子中的单句分开。”

“可是，事情并不那么简单，很多时候假设只是一种借鉴手段，因为它毕竟不是事实，除了E以外，英文字母的使用顺序很不清楚。这种顺序，跟英文的常用顺序大不相同。字母按出现频率的排序是T、A、O、I、N、S、H、R、O、L，但是T、A、O、I出现的频率几乎是一样多。我不想一一去验证它们，这样很费时间，而且效果还不好，事倍功半的事情我不会做。于是我就等来了希尔顿·丘彼特的第二次来访，他终于为我带来了新的重要线索。他又带来了一张古怪符号的图纸。在这张图纸中，我发现了第二个和第四个都是E。这词可能是sever（切断），也可能是lever（杠杆）或是never（决不）。Never作为答语的可能性极大，而且从各种迹象都可以看出这是丘彼特夫人写的答复语，我假设这种推理是正确的，那么那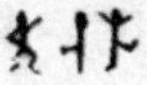三个符号分别代表N、V和R。”

“我直到现在都还感觉到破译这几个古怪符号的困难程度很大。刚才我突然有了一个奇妙的想法，这个想法真的很奇妙，它一下子让我明白了其他几个字母的真实含义。我想到的是，如果是一个年轻时和丘彼特夫人来往很亲密的人，这人对丘彼特夫人的要求很无理，那么一个两头的E当中是三个别的字母的组合极有可能是ELSIE（爱尔茜）这名字。我仔细一观察，惊奇地发现这个词曾经三次构成一句话的结尾。所以我敢肯定，这一句话一定是对‘爱尔茜’提的要求。于是我就找出了L、S和I。我不知道到底是什么要求？在‘爱尔茜’前面的一个词只有四个字母，末尾是E。这个词一定是come（来）。其他字词都不行，于是又找出了C、O、M。严谨地整理一下第一句话，这句话成了：M·ERE·SL·NE。”

“在短句中出现了三次的是A，而且A都是排在句子的最前面。H在第二个词的第一位置非常明显，这句话现在成了：

‘AM HERE A.E SLANE.’再加上名字中所缺字母：

‘AM HERE ABE SLANE。

（我到了。阿贝·斯伦尼）’”

“我手头里掌握的这些字母，足够破译第二句话，这句话破译出来应该是这样的：A.ELRE.ES。

“在这一句话中字母T和G只有加在缺字母的地方才有意义（意思是：住在埃尔里奇）。埃尔里奇可以假设是写信人住的地方或者是旅店的名字。”

马提警长和我完全被福尔摩斯严谨又合理的推理吸引住了。我们对这起怪案再也不是一知半解了，案子清晰多了。

“接下来你又是如何推断的，福尔摩斯先生？”马提警长问道。

“我有足够的理由断定阿贝·斯伦尼是一个美国人，阿贝是美国式的拼写。发生在丘彼特夫人身上的事情，都是因为一封从美国寄来的信才引发的。从这里我可以断定丘彼特夫妇遇害不是家庭暴力引起的，一定有局外人参与其中。我没有放过对丘彼特夫人年轻时发生的事情的调查。我在昨天向纽约警察局发了一份求急电报，电报是发给在警察局工作的威尔逊·哈格里夫，他是我的朋友。在电报里我问他知不知道阿贝·斯伦尼。我以前帮过他很多忙，他马上给我回了电，他告诉我阿贝·斯伦尼是芝加哥的恐怖分子。与此同时，希尔顿·丘彼特先生寄来了阿贝·斯伦尼最后一次画的跳舞小人，跳舞小人给我的启示是：ELSLE.RE.ARE TO MEET THY GO。

“补上字母P和D，这句话就完整了，意思是：爱尔茜，准备见上帝。事情发展到这个地步已经很危险了。我对芝加哥那伙恐怖分子十分了解，我料到阿贝·斯伦尼会说到做到的，他劝诱不成就会孤注一掷了。我不敢再浪费时间，马上和华生赶来阻止这件惨剧的发生。很遗憾，我们来迟了。”

“非常高兴能够和你一起调查这件案子，”马提警长诚恳地说，“但是，我必须实话实说，你只为你自己负责，但我却要为我的上司负责。假如这个现在住在埃尔里奇农场的阿贝·斯伦尼真是杀人凶手的话，让他逃出洛福克将是我警探生涯中最大的败笔。我的上司给我的处分肯定会不轻。”

福尔摩斯说：“他逃不掉的。放心好了。”

“你怎么知道他逃不掉呢？”

“他如果真要逃走的话，那就是他不打自招了。”

“还等什么呢，我们去捉住他吧。”

“我想他立刻会到这儿来的。”

“这是怎么一回事？”

“我写信请他来。”

“这就有点儿令人不可思议了，先生！你这不是打草惊蛇，好让他乘机跑掉吗？”

“你等着瞧吧，精彩的还在后面呢。”福尔摩斯说，“看，是不是我请的客人来了？”在门外的小道上，一个身材魁梧，肌肉结实，外貌英俊的男子正大步流星朝宅院走来。他的胡子长得粗长，鼻梁挺直，神情潇洒，风度翩翩。

福尔摩斯对我和马提警长轻声说道：“大家不要轻敌，这个家伙挺难对付的，做好一切准备，不要让他从这里逃走了，我想先和他聊聊。”

我们藏到了门后，这个位置的确是令人防不胜防的好地方。门打开了，那人踏步进来了。福尔摩斯出其不备地用枪柄在他的头上猛击了一下，马提警长飞快地用手铐铐上了他的手腕。他们两个人利索的两招擒拿了那个措手不及的家伙。他不知所措地盯着我们不放，一脸的无奈和失望。他对我们说：“我承认我已经输了，你们的身手不赖。我赶到这里是希尔顿·丘彼特夫人请我来的，你们怎么也在这里呢？不会是她为你们出的计谋吧？”

“你搞错了，希尔顿·丘彼特夫人现在已经奄奄一息了。”

那人听到这个消息，马上就撕心裂肺地狂吼起来。

“胡说八道，不可能的事，这绝不可能，你们在骗我。受伤的是希尔顿，不是爱尔茜。这是怎么一回事啊！老天爷有没有搞错，爱尔茜没有受伤！”

“希尔顿·丘彼特先生已经中弹身亡，丘彼特夫人额头中了一枪。”

那人满脸是绝望的神情，泪水迸涌而出，声音比泪水更凄惨。他什么话都不说，只是悲伤地哭泣，过了几分钟，他停止了哭泣。他眼角边还残留着泪水，泪痕依在。他说道：“我现在想要说的是，我们之间的恩怨，是希尔顿首先开枪打我而造成的，我还击了，我并不想伤害爱尔茜。你们不知道我多么爱她，我对她的爱一直都没有变。全世界就我一个人这样深爱着她。她曾经答应过我，她会嫁给我的，但是到最后希尔顿插足进来了，他夺去了我心爱的爱尔茜。爱尔茜本来是属于我的。”

福尔摩斯对那人说道：“你的真实面目露出来后，爱尔茜就决定要离开你。但是你不甘心，你一心只想得到她，你让她伤透了心。你引诱她抛弃她深爱的丈夫，和你这个让她既怕又恨的人私奔，这是你一手造成的惨剧。希尔顿先生中弹身亡，丘彼特夫人被你逼得自杀，上帝不会饶恕你的，法律也不会饶恕你的，阿贝·斯伦尼先生！”

阿贝·斯伦尼失魂落魄地说：“要是爱尔茜死了的话，我也不会再活下去了。”他伸出左手，张开了，一团揉皱的信纸扔到了桌上，“先生，你不会吓唬我吧，要是她如你所说的，已经奄奄一息，那么是谁写的这封信呢？”

“我写的。为了让你来这儿。”

“不会吧！除了我们那伙人外，没人知道跳舞小人的秘密，你是怎么知道的？”

“有人发明，自然有人能看得懂。”福尔摩斯说，“等一会儿，就有一辆警车赶到这里来，阿贝·斯伦尼先生。你还有机会将功赎罪。丘彼特夫人已经成为谋杀亲夫的嫌疑犯了，你知不知道！你应该马上为她辩护，她和这件案子没有多大联系，她也是此案的受害人，到了这个时候，你难道还要拖延下去吗？”

“对，先生，你说到我心坎上了，是时候了，是说出事情真相的时候了。”

马提警长义正词严地对阿贝·斯伦尼说：“事情到了这个地步，由不得你了。”

阿贝·斯伦尼点了点头。他说：“你们从我的外貌就可以看出我是一个叛逆的人，我和爱尔茜还是小孩子的时候就认识，可以说我们俩是青梅竹马。那个时候，我和一伙街头小流氓混在了一起，天不怕地不怕，特别狂妄，目中无人，臭味相投地成立了一个犯罪集团，爱尔茜的父亲是我们的头头。我们在芝加哥干了许多坏事，跳舞小人儿是老伯特里克发明的，在我们这伙人当中通用，对我们而言，它非常实用，这样我们有了我们的秘密联络方式，避免了很多麻烦。我忘了说明了，爱尔茜从来就不知道我们干了些什么，但我们的事情终于还是让她知道了。她是一个纯洁的女孩，她伤心极了，虽然我们已经订了婚，但是她还是偷偷地离开了我来到了伦敦，她竟然胡乱嫁给了一个英国佬，于是我找到这里来了。我来英国之前，给她写了一封信，她没有回信。我只好潜入她家里，我把我要对她说的话都用跳舞小人表示清楚了，我把它们画到了她能够看得到的地方。

“我来这里已经一个月了，我在埃尔里奇农场租了一间房子。我千方百计地想让爱尔茜回心转意，爱尔茜后来终于回答了我，她在我画符号的地方画了回答我的符号，她叫我不要再骚扰她。我急了，我开始逼迫她，她给我写了一封信，恳求我离开，她不想让她的丈夫名声受损，否则她会伤心一辈子的。她在信中对我说，只要我愿意离开这里从此不再骚扰他，她会在凌晨三点等她丈夫睡着后下来在屋后那扇窗前跟我说清楚。她果然准时下楼来了，她给我一笔钱恳求我不要再纠缠她了，我不肯，我一手抓住她的胳膊要带走她。这个时候，她丈夫突然拿枪冲进了屋里，爱尔茜马上就昏了过去。希尔顿见到我就凶狠地开枪打我，子弹打偏了，没打中我。我也开了枪，他中了我一枪。我夺路而逃，这时我还听到了后面关窗的声音。我不知道后来发生的事情。现在我这个样子很狼狈不堪吧，这叫自投罗网。”

阿贝·斯伦尼刚刚讲完他和丘彼特一家的恩恩怨怨，警车已经停在了门口，两名警察从警车跳了下来，马提警长拉了拉阿贝·斯伦尼，说：“该回警察局了。”

罪犯说：“能不能让我再看爱尔茜一眼？”

警长说：“够了，丘彼特夫人早就让你不要再见她了，但你偏偏不听。你早就玩够了。福尔摩斯先生，再见，我真希望我们再次合作。”

我们送走了马提警长和罪犯。我转过身，看到了罪犯扔在桌上的纸团，那就是福尔摩斯骗罪犯自投罗网的信。

“华生，你能够看出答案的。”福尔摩斯十分得意地说。

信上仍然是一些我至今看不懂的古怪符号。

“只要你使用过我破译过的密码，它的意思简单得很，就是‘马上到这儿来‘的意思。我坚信他会来的。要知道，他非常自负，在英国，除了爱尔茜能够使用古怪符号外，再也没有第二个人了，他一直这么想。他万万没有料到我也略懂皮毛。好了，华生，我们该坐最快的火车赶回贝克街吃晚餐了。”

这起怪案的最终结果是：洛福克法庭审理了这件案子，美国人阿贝·斯伦尼被判处死刑，但是由于考虑到首先开枪的是希尔顿·丘彼特，而改判劳役囚禁。丘彼特夫人后来伤好了，她成了寡妇，她尽自己的能力参与社会慈善事业，她是一个守妇道的人。

三个大学生

1895年，我和福尔摩斯因为一些需要解决的事，在我们著名的大学城住了几周。我要记述的事正是在这时发生的。事情不算大，但颇具教育意义。为了让那些令人难堪悲伤的流言自行消失，最好让读者分辨不出这事情发生在哪个学院，以及发生在谁的身上，因此我在叙述时竭力避免使用容易引起人们联想和猜测的词句，只把事件谨慎地追述一遍，以此来反映我的朋友具备的杰出品质。

那个时候，我们住在靠近图书馆旁一所带家具出租的寓所里，当时福尔摩斯正在紧张地研究英国早期宪章。他的钻研很有成果，或许会成为我日后讲述的主题。有天晚上，我们的熟人希尔顿索姆兹来访，他是圣路加学院的导师和讲师。索姆兹先生身材魁梧，言语不多，却极易激动和紧张。我清楚他向来不稳重，而此时他显得格外激动，几乎无法控制自己，显然，在他身上发生了什么不寻常的事。

“福尔摩斯先生，我相信您会耽搁一两个小时的宝贵时间听我讲讲，圣路加学院发生了一件不幸的事，要不是你正好在城里，我真不知道自己怎么办。”

我的朋友回答说：“我现在非常忙，不想为别的事分心，您去找警察吧。”

“不，亲爱的先生，这样的事怎能找警察，因为一旦交给警方就无法撤回。此事涉及学院名声，不管怎样不能外传。您的能力非凡，说话又慎重，所以只有您能帮我，福尔摩斯先生，我请求您帮帮我吧。”

自从离开贝克街的舒适环境后，我朋友的脾气不太好。离开他的报纸剪贴簿、化学药剂以及脏乱的住处，他就感到不适应。他无可奈何地耸耸肩，我们的客人迫不及待地把事情抖落出，他讲话时的心情特别激动。

“福尔摩斯先生，明天是福兹求奖学金考试第一天。我是主考官之一。我主考的科目是希腊语。试卷第一道题是翻译修底斯著作中的一大段希腊文，要求译成英文。这一段已经印在试卷上，当然，要是学生事先准备了这段希腊文，会占不少的便宜。所以，我很注意试卷的保密问题。”

“今天下午三点，印刷厂送来了试卷的校样。第一题是翻译修底斯著作中的一节。我认真地校阅了清样，因为原文需要绝对正确。直到四点三十分，我还没有校对完。可是我答应一个朋友去他那儿喝茶，所以就把清样放在桌子上，离开了房间。来去共用了半个多小时。”

“福尔摩斯先生，您知道我们学院的门是双重的，里面的门覆盖着绿色的台面，外面的门是开着的。在桌子上边，有些斑点，似乎是锯末。我断定这些痕迹是那个将试题弄皱的人留下的。这个人没有留下脚印及其他任何线索。在我理不清千头万绪的时候，我想到了城里的你，便马上到这里来找你，希望你能帮助我。福尔摩斯先生，你必须帮我这个忙，我现在的处境你都清楚，要么将这个人找出来，要么将考试推迟，等到印出新的试题来。将试题改换是要做出许多说明的，可是这样做了之后，便会有可怕的风言风语传出来。这有损本院的名誉，最好的处理办法是在背地里小心地处理掉这件事。”

“我对这件事非常感兴趣，并且乐意帮你出出主意。”福尔摩斯站了起来，并将他的大衣穿上了，“这桩案子还是非常有趣的，你拿到试卷以后，有谁到你的屋子去过吗？”

“有一印度学生去过，他名叫道拉特·芮斯，与我居住在同一层楼上，来向我询问考试的形式。”

“他到你的房间仅为这点事吗？”

“对，但是我记得问卷它是卷着的。”

“可以看出是试卷吗？”

“或许可以。”

“你的房间中有其他人吗？”

“没其他人。”

“有谁知道清样已送到你那里了吗？”

“知道的人只有一个——印刷工人。”

“你的佣人班尼斯特不知道吗？”

“他不可能知道，也没有其他任何人知道。”

“班尼斯特现在在哪里？”

“他可能生病了，在椅子上坐着，如瘫了一般。我急着来找你。”

“你房间的门锁了吗？”

“锁了，因为试卷在里边。”

“索姆兹先生，由此可见：翻弄试题的人并不是故意的，只是不小心触动了，或许在此之前他并不清楚桌上有试卷。”

“我想有可能如此。”

福尔摩斯轻轻地笑了笑，不过这个笑非常让人难以思议。

他说：“行，我们去看看。华生，你的职业范围不是这些，这是心理问题，而并非生理问题，但是，你若想去看看，也随便你了。索姆兹先生，我现在听候你差遣。”

我们当事人的卧室对面就是这座有着悠久历史的学院的庭园。庭园中青苔遍地。卧室的窗户又大又低，还有花窗棂在上边。有一个年久失修的梯子在一扇哥特式的拱门后边。这位导师的屋子在第一层。此外还有三个大学生，他们每人住一层。我们到达现场的时候，太阳已快下山了。福尔摩斯没再朝前走。看了看卧室的窗户。后来，他走到这扇窗户旁边，踮着脚站着，将脖子伸得长长的窥探里边。

我们的当事人说：“他绝对是由大门进去的。这扇玻璃窗户是唯一的出口，其它的再也没有了。”

福尔摩斯将我们的当事人看了看，轻轻地笑了笑，但笑得有些古怪，而且说道：“假如这儿搞不清楚什么，我们最好还是到里面去。”

这位导师将房间的门打开，把我们带到他的房间中去了。我们站在门口的时候，福尔摩斯把地毯仔细地查看了一番。

他说：“我觉得不可能在这里留下什么痕迹。天气如此干燥，想找到什么痕迹非常困难。你佣人的身体差不多已经好了吧。你说他坐在一把椅子上，是哪一把呢？”

“窗户附近的那一把。”

“噢，是与这张小桌子靠近的。现在，你能进来了，我已将地毯查看完了。我们再将这张小桌子查看一下。显然这人来房间之后，先将试卷一页页的从房间里的这张小桌子上拿到窗户附近的那张小桌子上。因为假如有人从庭园中过来，从这里能立刻发现，有利于逃走。”

索姆兹说：“实际上他逃不了，因为我来的时候是从侧门过来的。”

“那非常好！不管怎样，这是他的假想。让我瞧瞧这三张清样。指纹没有留下！这一页是他最先拿过去抄写的。这花的时间有多少呢？最快也少不了十五分钟。后来将这张纸扔掉，又将另外一张纸拿起。就在此时，你进来了，由于他急于逃跑，所以当你走到房间的时候，他已来不及将试卷放回原位，楼梯上有匆忙的脚步声响起吗？”

“好像没有，我未听见。”

“他抄写时太匆忙，将铅笔头弄断了，只好重新削。华生，有意思的是：这支笔是非常特殊的铅笔。与普通的铅笔相比较，它要粗一些，铅芯是软的，笔杆是深蓝色的，白颜色的制造商的名字，仅剩下了一英寸半长。索姆兹先生，假如可以找到那样的一支笔，也就找到那个人了。我正想对你说，他削笔的刀子非常大，并且刀口非常钝，如此一来又多了一个线索。”

福尔摩斯所说的这些事情把索姆兹先生搞得晕头转向。他说：“其他的我还可以明白，可是铅笔的长短……”

福尔摩斯将铅笔的木屑取出一片，有nn的字母在上边。

“你瞧。”

“不，我仍然……”

“华生，以前我经常看低了你的能力，行，nn该如何解释呢？它是一个字结尾的两个字母。你清楚吗？Johann Faber是效率最好的铅笔商的名字。这难道不是非常明白吗？Johann字后边的一小段就是铅笔用后剩下的。”他将小桌子拖到灯光下，“但愿他抄写用的纸非常薄，这样笔迹就可以透过纸页印在光滑的桌面上边。噢，一点痕迹也没有，在小桌子上也没有发现任何东西。现在再查看一下中间的那张桌子。我猜这个小球便是你说的那个黑色面团了。样子有些像金字塔，中部没有东西。正像你所说的那样，还有锯末屑粘在上边。哦，太有意思了。还有刀痕在桌面上边，准确地说应是划痕。起头的位置是划的印痕，随后才是边部不齐的小洞。索姆兹先生，十分谢谢你让我处理这桩案子。那扇门通向什么地方？”

“我的起居室。”

“事情发生之后，你到过那里吗？”

“没有，我立即找你去了。”

“最好我将这儿也查看一番。这房子真漂亮，古色古香的！

请你暂时等一下，我将地板查看完你们再进来。嗯，没看出任何东西，这块布幔有何作用？你把衣服挂在它的后边。假如谁无路可走藏在这个房间中，他一定会到这块布幔后躲起来，因为床不高，衣柜又太薄。我看会不会有人在这里？”

福尔摩斯将那块布幔拉开的时候，他谨慎且又果断的神情告诉我，他已经准备好了，以备不测。但是拉开之后，只看见三四套衣服挂在衣钩上边，没有其他任何东西。福尔摩斯正准备扭头离去，忽然又发现了地板上有什么东西。

他说：“哦，这是何物？”

那是一块不大的黑糊糊的东西，有些像金字塔，像腻子，与书房桌子上边的没什么区别。福尔摩斯将其搁在手心中，拿到灯光下细心地查看。

“索姆兹先生，这个神秘的人物到你的书房和起居室都去过。”

“他到起居室的目的是什么？”

“我想这个道理非常简单，你悄无声息地出现，但他看见时你已到了门口。他如何是好呢？不管怎样他都有可能被你发现，不得已之下他不得不跑到你的起居室藏起来。”

“哎呀呀，上帝啊，福尔摩斯先生，你是说，我与班尼斯特在卧室中说话的时候，这个人也躲在这儿的？”

“我觉得是这样。”

“福尔摩斯先生，不过还有另外一种情况。不知我起居室里的窗户你留意过没有？”

“有花窗棂在玻璃上边，框子是金属的，总共三扇，其中一扇有折叶，人能钻进来。”

“就是如此，起居室的对面是庭园一角，所以从外边不可能看清起居室中的全部。这个人有可能是由窗子中进来的，穿过起居室，将印痕留下了，后来，看见门没有关，便从那里溜走。”

福尔摩斯有些心烦地摇了摇头。

他说：“我们还是从事实着手吧，你曾说过，这个梯子有三个学生用过，并且必须经过你的门前。”

“有三个大学生没错。”

“他们全要参加这回的考试吗？”

“没错。”

“三个人之中谁的可疑性大一些呢？”

索姆兹一时不知如何回答。

他说：“回答此问题十分为难，怀疑一个人是要有几分证据的。”

“你仅仅说一下可能性，然后我们再去找证据。”

“既然如此，我简洁地把这三个学生的性格对你说一下吧。这三名学生住在最底层的是一名优秀的学生，名叫吉尔克利斯特，他也是个非常出色的运动员，是学校足球队和板球队的成员，曾经在低栏和跳远比赛中获过奖。他是一个英俊潇洒的男子，他的爸爸就是扎别兹·吉尔克利斯特勋爵，名声不好，由于赛马而破了产。这个学生非常穷，不过他非常勤奋，前途是非常好的。”

“中间一层住着的是一个名叫道拉特·芮斯的印度人。他的性格有些内向，不喜欢与人接近，他如许多印度学生一样学习非常棒，只是希腊文有些差。他非常稳重，处理事情非常有条理。”

“最顶层住着的是迈尔兹·麦克拉伦。这个学生头脑好，只要他专心学，他就能学得非常好，他称得上是这所大学中最有才华的学生之一了。只是他性情不好，生活无约束。第一学年险些因为打牌被学校开除。这一学期他又是稀里糊涂地混过来的，这回的奖学金考试，他肯定非常害怕。”

“这么说，他是你的怀疑对象？”

“这种结论我还不敢下。不过，这三个人之中他做这种事的可能性相对要大一些。”

“非常好，索姆兹先生，我们现在想与你的佣人班尼斯特谈谈。”

这个佣人身材矮矮的，脸上没有一点儿血色，胡子刮得非常干净，花白的头发，年纪在五十之上。试题的事情打破了他安宁的生活，直到现在他还未真正安静下来，因为过于紧张，他那张圆圆的面孔仍在抽搐，十指都在发抖。

索姆兹先生说："班尼斯特，这件不幸的事情我们正在调查过程中。"

"没错，先生。"

福尔摩斯说："我听说你将钥匙放在门上忘了拿走。"

"没错，先生。"

"房间中放着试卷的时候，你这样的行为，不觉得非常奇怪吗？"

"先生，此事的发生真的非常不应该，但是，这样的事我在以前也做过。"

"你什么时候到房间里去的？"

"在索姆兹先生喝茶的时间，大概是四点三十。"

"你在房间中待了多长时间？"

"我见他没在里边，就立刻离开了。"

"你发现考卷在桌子上吗？"

"没有，先生，真的没有。"

"你为何将钥匙忘在门上？"

"我的手中拿着茶盘，当时我想着返回时再取走钥匙，没想到后来却忘了。"

"是否有一把弹簧锁在通向外面的屋门上？"

"没有，先生。"

"索姆兹先生回来以后，找到你，你非常担心，对吗？"

"没错，先生。我来这里这么多年了，从未发生过这样的事，我几乎快昏倒了。"

"你昏倒了我清楚。一感觉到头发昏时，你在什么地方？"

"在那里，先生。不，就在这里，门口附近。"

"这就有些怪了，你是在屋角附近的椅子上坐着的，你为何近处的椅子不坐，偏走到远处去呢？”

“我也不清楚，先生，我坐在什么地方我并未留意。”

“福尔摩斯先生，我也觉得他坐在什么地方他不可能留意到的。当时，他的脸色特别难看，非常苍白。”

“索姆兹先生走后，你还在这里？”

“仅仅待了一两分钟，后来我就把门锁了，回到了我的屋子里。”

“你觉得这事是谁干的呢？”

“哦，我不敢说不负责任的话。我觉得这所大学里不可能有人会干这样无耻的损人利己的事。先生，我觉得不可能。”

福尔摩斯说：“非常感谢，到此为止吧。哦，还有一件事，这件事你对你服侍的三位先生提起过吗？”

“没有，先生，我什么也未说过。”

“你与他们碰到过吗？”

“没碰到过。”

“非常好，索姆兹先生，你想与我一起在这个院子中走一走吗？”

外边已漆黑一片了，楼上各层的窗户中都闪烁着灯光。

福尔摩斯仰着头看了看，说：“你的三只小鸟都回巢了，哦，那个怎么了？他们之中有一个似乎非常烦躁不安。”

就是那个印度学生，他的侧影突然在窗帘上闪现，他在房间中快速地来回走着。

福尔摩斯说：“我想与他们每人见上一面，行吗？”

索姆兹说：“可以。经常有客人到这里来参观，因为这些屋子是学院中最古老的。走，我亲自带你去。”

我们敲吉尔克利斯特的屋门的时候，福尔摩斯说：“请别告诉姓名。”

开门的是一个身材又细又高，金黄头发的年轻小伙子，当我们告诉他，我们是来参观的时候，他的态度非常热情。房间中有一些稀少的中世纪室内构造，福尔摩斯对其中的一个构造非常感兴趣，非要在笔记本上画下来，画的时候他把铅笔头弄断了，他希望房间的主人能借他一支，后来却借了一把小刀削他的铅笔，在印度学生的屋子中，他做了同样的事情。这个印度学生的个子又矮又小，鼻子像弯钩似的，他不喜欢说话。他注视着我们的时候，眼睛是斜着的，当福尔摩斯将建筑结构图画完之后，他露出了非常愉快的表情。福尔摩斯究竟从这两个地方发现了什么，我也不清楚。第三个地方我们未能进去。我们敲门，里边不开，并且听见里边有吵骂的声音，掺杂着愤怒的吼叫声。“你是什么人与我无关。去你娘的！考试就在明天，别再烦我了！”

我们的向导气得满脸通红，一边下台阶一边说道：“太粗俗了！就算他不知道是我敲门，这样做也太不像话了，太不礼貌了，在这样的情况之下，可疑性非常大。”

福尔摩斯也感到非常奇怪。

他问：“你可以告诉我他准确的身高吗？”

“福尔摩斯先生，这个我确实不太清楚。那个印度人比他要矮一点点，不过他绝对没有吉尔克利斯特高。我猜大概就五英尺六英寸吧。”

福尔摩斯说：“这是相当重要的一点。好啦，索姆兹先生，祝你做个好梦。”

我们的当事人既惊讶又失望，大声说道：“哦，上帝呀，福尔摩斯先生，难道你就这样丢下不管了，你似乎并不清楚我的困境，考试就在明天！我一定得在今夜处理好一切，别人偷阅了试卷，这次的考试就不能顺利进行。此种情况绝对要重视。”

“现在事情只能到这一步，我明天早上再来与你谈此事。或许我可以告诉你该如何做。但是，这里的物品你都不要动，任何物品都不要动。”

“行了，我听你的，福尔摩斯先生。”

“你绝对可以放心。我们肯定能找出解决问题的方法。我要带走这两个黑泥球和铅笔屑。再会。”

我们离开学院，在黑暗之中又仰头瞧了瞧那几扇窗户。那个印度人还在房间中走来走去。另外的那两扇窗户已熄灯了。

在大街上行走时，福尔摩斯问道："华生，你怎么看这件事呢？这似乎是大厅里做的一个小游戏，从三张纸牌中间抽出一张，对不对？绝对是这三个人中间的一个做的。你选牌吧，你猜猜是哪一个？"

"最上层的那个粗鲁的家伙。他的品德不正。可是那个印度人也非常狡猾。他为何一直在房间中来回踱步呢？"

"这没有什么奇怪的。有些人在认真背东西的时候，经常会来回踱步。"

"他注视我们的那种模样，非常奇怪。"

"假如你正复习功课，第二天要备考，非常珍惜一分一秒，此时有些人突然来打搅你，你同样会用这样的眼光注视他们。我觉得这绝对不可以证明什么。关于那两支笔和刀子全没什么破绽。不过我确实不明白那个人。"

"哪一个？"

"那个名叫班尼斯特的佣人，他在此事中在搞什么鬼呢？"

"我觉得他是一个非常诚实的人。"

"我也是这样觉得的。这最让人没法想象，为何一个诚实的人——哦，有一家文具店在这儿。我便由这家开始下手。"

城中仅有四家大型的文具店，福尔摩斯每到一个地方就拿出那几片木屑，并且说出高价买那样的铅笔。四家都许诺给他定做一支，由于这样的铅笔，一般没有存货。我的伙伴并没有因此而灰心，仅仅随意地将肩耸了耸，做出一副无可奈何的样子。

"亲爱的华生，我们什么也未查到。这个最可以解决问题的线索也是白费的。不过我坚信我们还是可以把起初的事情搞明白。天啊！快到九点钟了，女房东告诉过我，七点三十给我们煮豌豆汤呢。华生，你不停地吸烟，而且还不准时的吃饭。我觉得房东会要你退房的，可惜我也要陪着你遭殃了——不管怎样，我们还是把那位心急的导师、不细心的佣人和三名优秀的大学生之间的事情先解决掉吧。"

我们非常晚的时候才吃晚饭。虽然吃过饭以后，他深思了好长时间，不过这件事他再也没和我说起过。第二日早晨八点钟，我刚刚梳洗好，福尔摩斯就到我的房间中来。

他说："华生，我们应该到圣路加学院去。你早餐不吃可以吗？"

"没问题。"

"假如我们对索姆兹没有一个好的交代，他可能会急死的。"

"你有何准确的结论吗？"

"有。"

"你已找到问题的关键了？"

"没错，亲爱的华生，这个谜我已解出来了。"

"可你找到了什么新的线索呢？"

"我早上六点钟就起床，肯定有些收获。我已劳累了整整两个钟头，差不多走了五英里的路，好不容易找到了解决问题的一些线索。你瞧这儿。"

他将手掌伸出，上边有三个小黑泥团，像金字塔那样的。

"怎么搞的，你昨天仅有两个？"

"今天早晨又找到了一个。能将第三个小泥球的来源确定，也就可以将前两个泥球的来源确定。快走，华生，我绝对可以让我们的朋友索姆兹先生放心。"

我们见到索姆兹是在他的房间里，他非常急躁不安。考试在几个小时之后就要开始了。但他此时却非常矛盾——是推迟考试，还是让这个小偷参加这个高额奖学金的考试，他一时不好决定。一眼瞧去，他几乎就快倒在地上了，但是一看到福尔摩斯，他马上将双手伸了出来，表示急切的欢迎。

"上帝啊，你总算来了！我一直担心你没想好对策，不来了。我如何是好呢？考试照样进行吗？"

"没错，无论如何照样进行。"

"但那个小偷呢？"

“不让他参加。”

“你知道那人是谁吗？”

“我认为可以找到。假如你不愿让太多的人知道此事，我们一定得有些权利，自己成立一个私人的军事法庭。索姆兹，你坐在这个地方；华生，你就坐在这里。我坐在中间的扶手椅子上。我觉得如此之后，绝对可以使小偷产生恐惧的心态。请发令吧！”

班尼斯特走了进来，见到我们一个个神态威严，他害怕得后退了几步。

福尔摩斯说：“请把门关上，班尼斯特，请你现在把昨天发生的事情如实告诉我。”

他的脸苍白得像纸一样。

“先生，该说的我全说了。”

“其他的就没什么可说的吗？”

“什么也没有。先生。”

“既然如此，我来帮你回忆一下。昨天你之所以要坐在那把椅子上。是否是为了将某个东西挡住？还有那个东西也恰好能证明谁在这个房间中？”

班尼斯特的脸白得像纸一样。

“不可能，先生，绝对不可能。”

福尔摩斯缓和了一下语气说道：“我只是帮你提个醒。说实话我也不能保证真的如此。不过，这样的可能性非常大，索姆兹先生一离开之后，你就让起居室中的人溜走了。”

班尼斯特将他干裂的嘴唇舔了舔。

“先生，真的没有谁。”

“班尼斯特，这样可不行。事已至此，你不该说假话，我清楚你此刻说的都不是真话。”

他表情呆滞，装作什么事也没有发生。

“先生，没有谁。”

“班尼斯特，实话实说吧！”

“先生，确实是没有谁。”

“你不愿给我们提供线索。是不是请你待在这儿而不准出去？待到起居室的门口去。索姆兹先生，麻烦你自己到吉尔克利斯特房间中去一下，把他请到这里来。”

没多久，那位学生被这位导师带来了。这个学生身材健壮，长得高大结实，行动敏捷，步伐矫健，看上去非常活泼开朗。他注视我们每个人时的眼神非常不安，后来他盯着角落里的班尼斯特，显得非常恐慌。

福尔摩斯说：“请把门关上。吉尔克利斯特先生，我们这里没有其他人，况且让其他的人知道我们的谈话内容也不太好。我们之间应该坦诚以待。吉尔克利斯特先生，我想搞清楚，一个像你这样诚实的人，为何会去做昨天那样的事情呢？”

这位倒霉的小伙子后退了一步，然后盯着班尼斯特，目光中充满了恐惧和责问。

佣人说：“没有，没有，吉尔克利斯特先生，我什么也没有说，我什么也没有说。”

福尔摩斯说：“但是你现在却说出来了。吉尔克利斯特先生，你应该清楚，班尼斯特坦白之后，你就没有任何退路，你唯一的退路就是坦白承认一切。”

刹那间，吉尔克利斯特全身颤抖着，举起两只手想控制自己激动的情绪。随后他跪倒在桌子旁边，双手将头紧紧地抱住，他激动得不断地抽泣起来。

福尔摩斯缓和地说：“别这样，每个人都有犯错的时候，况且不会有人去责怪你是个品行不正的坏人。现在我来将发生的事告诉索姆兹先生。但如有错误的地方，请你指正，也许这样你会感到方便一些。我开始讲了，好啦，你听好，防止我将你做的事说错了。”

“索姆兹先生，你曾对我说，考卷放在你的房间中，任何人都不知道，包括班尼斯特先生也不知道。自那时开始，我心中就开始有了一个清晰想法。不过那个印刷工并不在考虑范围之类，因为他如果想看试卷，在自己的办公室中就能看。还有那个印度人，我觉得他不会干这样的坏事。假如清样试卷卷成一卷，他或许并不清楚那是什么东西。另一种情况，就算有谁敢擅自到房间里来，而且桌子上正好有试卷，这样的巧合是非常难碰到的。所以我也排除了这种可能性。试卷在什么地方，来到房间的人都清楚。他是如何知道的呢？”

“当我走到你的房间旁边时，我查看了那扇窗户。我真为你当时的想法感到好笑，你觉得我会相信，谁会在大白天里，而且对面的房间中还有许多人注视着的情形下，从窗户中爬进去？不可能的，这想法太滑稽了。我是在想过路的人有多高才可以看见桌子上的试卷。我身高六英尺，踮着脚才可以看到。这样没有六英尺高的人是看不见的。所以，我觉得你的三名学生之中，身材非常高的那人就很有可能是做这件事情的人。”

“我走进房间之后，从靠窗户的桌子上发现了线索。我曾对你说过这一点。在中间的桌子上我没发现什么线索。你后来说到吉尔克利斯特是一个跳远运动员，此时我马上清楚了所有的过程，不过我还需要一些旁证，在很短的时间内，我也找到了。”

“事情是这样的：这个小伙子下午在运动场练习跳远。他是带着他的跑鞋回来的。你清楚，跑鞋下边都有几颗尖钉。他从窗外走过的时候，因为他身材非常高，桌子上的清样被他看见了，他想那可能就是考卷。假如他从你的房门口经过时没有发现忘在门上的钥匙，就不会发生任何坏事。在偶尔的冲动下，他走进了房中，想搞清楚那到底是不是清样。这一举动并不会有什么风险，因为他绝对能装成是去问什么问题才进屋的。”

“可在他看清那确实是清样后，他不能克制他的欲望。他将鞋搁在桌子上，在靠近窗户的椅子上边，你将什么东西放在那儿？”

小伙子回答道：“手套。”

福尔摩斯瞧了瞧班尼斯特，目光中充满了得意。“他将手套搁在椅子上边，再将清样拿起一页页地抄写。他想这位导师绝对会从院子的大门回来。这样他就可以发现了。但是我们清楚，索姆兹先生回来时走的是侧门。导师的脚步声突然从门口传到他的耳中。逃走是不可能的。因此他拿起跑鞋马上溜进起居室，可是手套却被他遗忘了。桌上的划痕，你们也看到了，一端非常浅，可是朝着起居室的那一端却越来越深。这就可以证明跑鞋抓起的方向是对着起居室的。这个小偷就躲在起居室中。桌子上留有鞋钉上的泥土，起居室中也留下了一块。还有一点我要说一下，今天早上我到运动场去了一下，知道了跳坑内用的是黑色黏土，有黄色的细锯屑散在上边，这样做是为了避免运动员摔跤。我将黑土带过来了一小块做样子。吉尔克利斯特先生。我说的都是事实吗？”

这个小伙子早就站起来了。

他说：“没错，全是这样的。”索姆兹说：“你没有……”

“没错，先生。我做了如此见不得人的事，心里非常害怕，不知如何是好。索姆兹先生，我有一封信给你。这是我一个晚上没睡觉，早上写的。也就是说在我清楚已查出我的丑行以前写的。先生，请你看看我写的这封信：‘我已作出了不参加考试的决定。我打算马上到南非去，因为我接到了罗得西亚警察总部的命令。’”

索姆兹说：“知道你放弃用不正当的手段骗取奖学金，我确实非常高兴。可是是什么原因使你改变想法的呢？”

吉尔克利斯特指着班尼斯特说。

“我能回到正道上来全归功于他。”

福尔摩斯说：“班尼斯特，到这边来，我说得已经非常明白了，除了你没有谁可以放走这个小伙子。因为只有你一个人当时待在房间中，并且你绝对是锁了门才离开的。关于他从窗户逃走，那是绝对不可能的，请你把这个案子的最后一个未解之谜说清楚，另外告诉他们你如此做的原因。”

“假如你理解，那原因就一点儿也不难。但是，虽然你非常聪明，你也不会理解，事情是这样的，这位小伙子的父亲——

老吉尔克利斯特勋爵，你们应该听说过吧。我以前是他的管家。我到这所学院来做佣人，是在他破产以后，不过我从来没有因为老主人的破产而将他遗忘，为了报答他家对我的恩情，我竭尽全力照顾好小主人。昨天你通知我来的时候，最先进入我眼帘的是椅子上那双棕黄色的手套，我清楚它的主人是谁，吉尔克利斯特先生，我也从这双手套上知道发生了什么事。假如索姆兹先生发现了，一切都会暴露，我立刻在那把椅子上坐下，等到索姆兹先生找你去了之后，我才敢离开。我可怜的吉尔克利斯特这时出来了，他是我带大的，他向我说明了一切。我想帮助他，这不是天经地义的事吗？我要像他已去世的父亲一般耐心地劝导他，不应做那样没有意义的事，这不也是天经地义的事吗？先生，你觉得我做错了吗？”

福尔摩斯站了起来，脸上露出高兴的神情，说：“你没有做错。索姆兹，你的小事情我看也水落石出了。但我们还没有吃饭呢。华生，我们走！关于你——吉尔克利斯特先生，到罗得西亚后，我相信你的前途会很光明的。虽然这次你走了歪路，但我们仍希望你会有锦绣前程。”

孤身骑车人

从1894年到1901年底，福尔摩斯都比较忙。我可以肯定地说，这八年里，由官方查办的疑难案件每一宗他都帮过忙，另外在几百宗私人案件的侦破中他也帮了很大的忙。这其中有复杂的案子，也有特别的案子。多年的侦探成绩突出得令人惊叹，不过也有个别无法预料的错误，我将这些案子很细致地记录下来，其中许多案子我也参与了。所以，您可以想到，我要将这些复杂的案件说出来，真的很费事。那么我只有依照我原来的办法，选取那些结果有趣又出人意料的案子而不选择那些作案手段凶狠残忍的案子。因此，我马上就把维奥莱特·史密斯小姐即查林顿孤身骑车人那个案子讲给大家听，这件案子到最后，让人很感意外，竟然成了悲剧。当然，这件事不会给我那早已闻名天下的朋友的能力和智慧造成什么负面影响。这件事也有其与众不同的地方，它和我收集的那些案件实录并不一样。

我翻看了我1895年的记录，我们是在4月23日认识奥莱特·史密斯的。当时，福尔摩斯对于她的到来感到很不高兴，因为他那时正在专心地办理一宗很复杂的疑难案件，而且这宗案子和很出名的烟草大王约翰·文森特·哈登所受的奇怪伤害有关。福尔摩斯向来注意精细准确和做事专心，最厌烦在他忙于工作时有人打扰他。但是他向来性格不固执，再加上这位来访者美貌与智慧并存，让人不能将她的求助拒绝。他多次重申他没有时间，但这根本不起任何作用。对于这位诚心诚意来访的姑娘福尔摩斯必须听完她的苦处，她才肯罢休。福尔摩斯无计可施，只好笑着说“请坐”，并让她说出她的烦心事。

“我想这事和你的健康没有关系，”福尔摩斯眼睛敏捷锐利，对她说，“你很喜欢骑车，精力一定很充沛。”

她很惊讶，紧接着看着自己的双脚，我看到了她鞋底的一边磨出了毛，显然是被自行车的脚蹬子磨的。

“我的确常骑车，先生，我今天到此就和这事有关。”

福尔摩斯将姑娘一只脱下手套的手拿起来非常仔细地打量了一番。

“我想你不会介意的，我是例行公事。”说着他将姑娘的手放下了，“我差点错认为你是打字员，你一定是搞音乐的。华生，你有没有留心这两种职业都有勺形指端？只是她的脸上有种风采。”他让她将脸慢慢向亮处转去，“这种风采打字员不具备，这位女士也许钢琴弹得不错。”

“是的，我是教音乐的，福尔摩斯先生。”

“看你的脸色，我想你在乡下教音乐吧。”

“的确，先生，在法罕姆不远的萨里边界。”

“那个地方很漂亮，不禁让人想起了很多有意思的事，华生，你还记得我们在那附近抓住那个造假币的阿奇·斯坦福德吗？那么，维奥莱特小姐，你在那里遇到什么麻烦事吗？”

这位姑娘很详细、平静地向我们诉说了这件奇异的事情：

“福尔摩斯先生，我爸爸已经去世了，他叫詹姆士·史密斯，原来在老帝国剧院做过乐队指挥。我还有个叔叔，除了这个叔叔、我以及我母亲在这世上外，我就没有亲人了。他叫拉尔夫·史密斯，在二十五年前就去了南非，长期以来毫无音讯。父亲死后，我们生活得贫苦，但是突然一天有人说《泰晤士报》上有一个寻人启事正在寻找我们的下落。你能想到吗？我们是多么兴奋，因为我们想一定有人留下了一笔遗产给我们。很快我们就和报上那位登了名字的律师联系上了，同时还认识了两位从南非探亲回来的先生，卡卢塞斯和伍德利。他们自称和我叔叔是朋友，他们对我说我叔叔几个月前在约翰内斯堡去世了，临终时希望他们找到我们并帮助我们。我们大惑不解，拉尔夫叔叔活着的时候不曾关心我们，怎么死后却又要找人照顾我们呢？卡卢塞斯先生说那是因为我叔叔听说我爸爸死了，觉得应该照顾我们。”

“对不起，请问是在什么时候见的面？”

“去年十二月，大约四个月前。”

“请继续说下去。”

“我感觉那个伍德利让人烦得不得了，这个年轻人很差劲，没有修养，长着一双很胖的脸，有红胡子，头发很多梳在额头两侧，并且还向我挤眉弄眼。我非常厌烦他，我想西利尔一定不想我和这样的人认识。”

“噢，西利尔是他的名字！”福尔摩斯笑道。

美丽的姑娘笑了笑，红着脸说：“是的，福尔摩斯先生，西利尔·莫顿。我们打算今年夏末结婚，他是电气工程师。噢，我怎么讲起他了呢？我要说的是可恶的伍德利先生，不过年纪偏大的卡卢塞斯先生让人喜欢，尽管他皮肤看上去发黄，脸却刮得很干净。他沉默寡言，不过他行为很有礼貌，待人谦和，他询问了一下我们的情况，知道我们并不富裕，就说想让我去教他独生女儿音乐。他女儿刚十岁，我说我不想和我母亲分开，他说我可以每个周末回来看她，还许诺一年可以给我一百镑的丰厚报酬。因此我就答应了，我来到距法罕姆约六英里的契尔顿农庄。他夫人已经过世，有一位叫迪克逊太太的女管家帮他照顾这个家。她年纪大，办事稳重、诚实，让人敬佩。他的孩子也很讨人喜欢。卡卢塞斯先生为人和蔼，也懂音乐，晚上我们在一起很高兴。每到周末我都回去。”

“因为伍德利先生的到来使我原本快乐的生活变得不快乐，他才到这里一个星期，但是我感觉有三个月之长。他很霸道，尤其是对我更加无礼。他用各种方法说爱我，并自吹自擂说他自己多么富有，假如我能嫁给他，那么我就会得到伦敦最有价值的钻石。最后，因为我对他始终不予理睬，在一天晚饭后，他将我一把抱住，他非常有力，还说假如我不吻他，他就不放开我。正好卡卢塞斯从外面回来，就将他拽开了，为此他们吵起来了，伍德利动手将卡卢塞斯打倒了，脸上还出了个口子，这样伍德利就走了。第二天卡卢塞斯向我道歉，并说不会再让我受此侮辱，自从那以后，我就再没和伍德利先生见面。”

“福尔摩斯先生，我下面就要说到我今天来的本意。每星期六下午我都会骑车去法罕姆车站，坐十二点二十二分的火车去城里。契尔顿农庄通向外面的路很偏僻，大约有一英里的路特别荒凉，一侧是查林顿石南的灌木丛，另一侧则是查林顿庄园外圈的树林。没有比这更荒凉的路了，在这条路上，是很难见到马车或农民的。两周前，我像往常一样经过时，不经意地往后望了一眼，却看见在离我二百码的地方有人也骑车子行着。他看起来像个中年男人，留着黑黑的短胡子。到法罕姆时，我回头一看那人已不在后面，因此我没在意。但是福尔摩斯先生，就在我周一返回来时，我又在同一段路看见了那个人，你能想到我有多么惊疑，以后的周六周一都一样，他仍旧跟着我，这使我特别吃惊。他总是保持着一段距离，也不和我交谈，但这的确让人不解。我将此事和卡卢塞斯先生说了，他看起来很在乎我说的事，还告诉我说他已经预订了一匹马和一辆很轻便的马车，这样我就不会一个人走那段路了。”

“按照原来的计划，马和轻便马车在这个星期是应该送来的。但是结果却令我失望，我没办法只好又骑车去车站了。事情发生在今天早晨，我又像平时一样骑车到查林顿石南灌木地带，我特地往后面看了一眼，那个家伙又出现在那里。他一直骑在我的后面，我一时之间看不清楚他的脸，我敢说他不是我认识的人，他身上套着一身黑衣服，头上还戴着一顶布帽子。我唯一看清楚的是他脸上那黑色的胡子。我不再担心这个人会做出什么样的举措，我下定决心要弄明白他是谁，他到底想干什么。我放慢车速，他也跟着放慢了车速。后来我索性停了下来，没想到他也停了下来。我突然灵机一动，我看到路边有一个拐弯的地方，于是我就猛骑进了拐弯处，我停下来等他也骑进拐弯处。但他一直没有骑过来。我重新骑了回去，向转弯处张望。他却不见了，连他的踪影也没有发现。要知道，这地方没有岔路，他不可能溜走。”

福尔摩斯端坐了一下身子然后微笑着说：“这件事倒是有点儿趣味。从你转弯到你发现他不见了相隔多长时间？”

“大概有两三分钟吧。”

“可以肯定的是他没有时间按原路回去。你是说那里没有岔路吗？”

“是的。”

“这很简单，他肯定从路旁的小路走了。”

“应该不是从石南灌木地带这一边，要不然我能够看到他的。”

“我们不难推测出他的去向，他一定是朝查林顿庄园那一边儿去了，要知道查林顿庄园就在道路的不远处。还有其他情况吗？”

“就这些吧，感谢你，尊敬的福尔摩斯，要不是你的指导，我真不知道该怎么办才好。真的非常感激你。”

福尔摩斯没有对她这一番话表态，他沉默了一下。

“和你订了婚的那位先生现在在什么地方？”他沉默了一会儿才说出这句话。

“他现在在肯尼迪的米德兰电气公司工作。”

“这是不是他给你的一个惊喜呢？”

“我非常了解他，就算他给我一个惊喜，但我还是能认出他来的。”

“还有其他人追求你吗？”

“在我认识西利尔之前有过几个。”

“后来呢？”

“那个该死的伍德利也算一个吗？”

“再也没有了吗？”

她美丽的脸庞立刻显出了为难之色来了。

“是谁呢？”福尔摩斯不放过任何可疑之处。

“可能是我自作多情吧，我感觉到我的雇主卡卢塞斯先生好像挺喜欢我的。我在他家教他的女儿，他也在一旁，我有时还给他弹伴奏。虽然他没有向我表白，但我还是能够感觉到的。”

“嘿！”福尔摩斯正儿八经地问，“他以什么为生？”

“他并不缺钱花。”

“他有四轮马车或者马匹吗？”

“没有，但他好像很有钱。他每个礼拜都会进城两三次，他十分关注南非的黄金股票。”

“史密斯小姐，我希望你一有新情况就通知我。我现在忙得很，但我不会疏忽你的案子的。以后，你如果要采取什么新的行动一定要事先告诉我，好吧，就到这里吧，祝你好运。”

“史密斯小姐这样年轻貌美当然不乏追求者，”史密斯小姐走后，福尔摩斯又啪哒啪哒地抽起烟斗来了，他的话也多了起来，“这个追求者有点怪了，什么地方都可以追求，但他偏偏选择在偏僻的乡间道路上追求，此案还真有点的味道。”

“你念念不忘的是那个总在同一个地方出现的人，对不对？”

“不错，摆在我们面前必须解决的问题是要查清楚谁租用了查林顿庄园。但是，卡卢塞斯和伍德利到底是什么关系呢？为什么他们都迫不及待地查找拉尔夫·史密斯的亲属？令人不可思议的是，卡卢塞斯宁肯出高价雇佣史密斯，但不愿买一匹马。要知道，他家到车站的距离是六英里，华生，你难道觉得它不奇怪吗？”

“你应该去那些地方好好瞧瞧。”

“我最近忙得厉害，你又不是不知道。这可能是一个毫不起眼的恶作剧，我不会为这件事情耽误我的其他大事情。你别误会，我不是自私。事情还没有发展到那个程度，你星期一早一点到法罕姆，你隐蔽的地方最好选择在查林顿石南地带，小心谨慎，千万别乱了阵脚。查出是谁租用了查林顿庄园，立刻回来告诉我，就这样吧，也祝你好运。”

史密斯小姐早就告诉了我们，她星期一坐九点五十分从滑铁卢车站开出的火车去乡下。于是，我用最快的速度搭上了九点十三分的火车。在法罕姆车站，我不费吹灰之力就问明了查林顿庄园石南地带。查林顿庄园石南地带就是史密斯小姐经常遇险的地方，道路的一边是开阔的石南灌木地带，另一边是古紫杉树树篱环绕着的一座花园。花园里面有参天大树。花园里有一条石头铺成的大道，石头上爬满了苔藓。大门两侧的石柱顶上有着斑驳的纹章图案。树篱边有好几个出口，有小路穿过。站在道上看不清里面的建筑物，四周的环境显得十分沉闷、颓废。

石南地带上开满了一丛丛黄色的金雀花，开得很鲜艳。我就在一丛灌木丛后隐蔽了起来。我所处的这个环境不错，位置也不错，能看到庄园的大门，也能看到两边长长的一段路。我刚隐蔽好，大道上就出现了一个骑自行车的人朝我来的方向骑去。骑车人一袭黑衣，脸上留着黑胡子。他到了查林顿庄园的尽头就跳下车来，把车推进树篱的一个出口，就不见了。

过了一会儿，史密斯小姐骑着自行车从火车站回来了。她骑到查林顿树篱时四下张望了一下，然后继续前进。又过了一会儿，那个黑衣人从藏身处推着车出来了，骑上自行车去追史密斯小姐。史密斯小姐轻松地骑着自行车在广阔的原野上行驶着。而那个黑衣男人却压着腰板伏在车把上，别扭地骑着车子。这时，史密斯小姐回头看了他一眼，有意识地放慢了车速，黑衣男人也放慢了速度，她停了下来，他也停了下来，他们只隔着两百码远的距离。史密斯小姐突然骑着骑着就转过了车头，朝着黑衣男人猛冲了过来，但是那个黑衣男人反应也极快，飞快地掉头走了。史密斯小姐没有追下去，她重新回头继续骑车前进，不再理睬那个追随者。追随者也转过身来，仍然保持原来的距离，直到转过弯从我的视线中消失。我一直待在藏身处没有动，过了一会儿那个黑衣男人又回来了。这次他神态轻松，他在庄园的大门口下了车。他在树丛中站了几分钟，举起双手，在胸前折腾了几下，接着他又骑上车从我身边经过，顺着马车大道往庄园深处骑去。我立刻穿过石南灌木地带，透过树林看了过去。我隐隐约约可以看到远处古老的灰色建筑和高耸入云的烟囱，只是那条马车道穿过一片浓密的灌木丛，我再也看不到那个黑衣男人的去向。

但是，我认为自己今天这一上午过得挺好的，收获不少，掌握了一些实际存在的情况。我心满意足地走到了法罕姆。我在法罕姆没有得到任何有关查林顿庄园的情况，我反而被人介绍到一家大公司去了。我后来又从当地一个房地产经纪人那里得知了查林顿庄园的一点儿情况。那个人告诉我，查林顿一个月前就租了出去，租它的是一个非常有钱的老先生，他叫威廉逊。我再也没有从那个人口中探听到半点儿有关威廉逊先生的情况，那个人不肯再说下去。

回到贝克街，时间已经是晚上了，我兴致勃勃地向福尔摩斯述说了我这一天的经历，我以为我的辛苦和收获能够换来福尔摩斯的嘉许和赞扬，没想到他却给了我一脸怒色，他非常气愤地说：“华生，你不应该选择那个地方藏身。藏得那么远，你能够看到什么呢？最好的位置是树篱后面，藏在那里就很方便了，要看清谁都非常容易。你为我提供的情报价值并不高。史密斯小姐说她不认识那个人，但我敢说她一定认识，不仅认识而且还很熟。这是有事实可以证明的，那个人不敢靠近她，为的是避免让她看清他的真实面貌。你说他弯腰压伏在自行车把上，这就更加说明他是刻意要掩饰自己的真实身份，你瞧你，都干了些什么！”

我忍不住冲着他喊了起来：“你要我怎么做！”

“你不应该错过那间离查林顿最近的酒店。酒店里什么人都有，既然什么人都有，那么不管什么事情都会有人议论，你能够打听到更多的情况。你说租用查林顿庄园的是一个叫威廉逊的老先生，我可是一点印象都没有啊，一大把年纪的人，绝不可能在史密斯小姐急速反追之下身手敏捷地逃脱。你也不要太悲观了，你的确做了一些实实在在的事情，因为事实摆在眼前，你此行证明了史密斯小姐所言不虚。黑衣人和庄园有某种联系，查林顿庄园早在一个月前，被威廉逊租用了。是不是这样？下一步，我们一起再去调查那些我们还不清楚的线索吧，华生，我们可是好搭档啊！”福尔摩斯脾气就这么古怪，我没有责怪他。

第二天一大早，我们收到了史密斯小姐一封来信，她在信中也提到了我那天所看到的事情，但这封来信最重要的地方却在附言中：

> 尊敬的福尔斯先生，你一定会为我保密的。我此时此刻的心情跟卡卢塞斯向我求婚而被我婉言拒绝的心情一样难受。卡卢塞斯先生的绅士风度让我深信他对我的爱慕是真心的。我不得不将我跟西利尔订婚的事实告诉了他，他心平气和地接受了我的拒绝。

“漂亮的史密斯小姐也有苦恼的事情了。”福尔摩斯重新将信折叠好，沉思了一会儿，又说，“这个案子并不是我们想象的那么简单。事情还会戏剧性地发展下去。乡村的风景一直浮现在我的眼前。我有机会欣赏查林顿庄园周围的风景了，我现在就动身。”

我绝对想象不出这次福尔摩斯的查林顿庄园之行是如此滑稽。他很晚才回到贝克街，晚上回来的福尔摩斯跟下午出去的福尔摩斯大不一样，这表现在外表上——此时此刻的福尔摩斯脸上是伤痕累累。那副鼻青脸肿的难堪样子，让我实在忍不住大笑。他也笑了起来。

“你知道的，华生，我一直少于锻炼，今天这一趟算是进行了一次永难忘怀的纪念性锻炼吧。我的拳术还能够勉强自卫，如果我的拳击力量再强一点儿，我恐怕就不会是现在这一副模样。”

我边笑边问他到底遇到了什么事。

福尔摩斯仍然笑着说：“我去了那个我曾提醒你注意的乡村酒店，在那里进行了一次暗访。在酒吧间里，多嘴的酒店老板回答了我一直想知道的问题。威廉逊是个白发白须的老头子，庄园里还有几个仆人跟他住在一起。有谣言说他曾经当过牧师，好像现在他还保留着牧师的职位。但是他自从住进查林顿庄园后发生在他身上的两件事情，让我觉得他不像牧师。我特地查询过一个跟他有关的牧师机构，得到的结果是，以前是有一个叫威廉逊的牧师，但是曾做过不道德的事情。我还从酒店老板口中得知，查林顿庄园每个周末都会有一个聚会，赴会的人都是一些不三不四的家伙。有一个长着红胡子的名叫伍德利的家伙是每周必到的人。我们刚谈到他，他就走了进来，原来他在外面偷听我们说话已经有很长一段时间了，我们的谈话他差不多全听到了。他一进来就气势汹汹地问我是谁？想干什么？有什么企图？他劈头盖脸地在我面前胡说八道了一通，冷不防，他就一拳打在了我的脸上，结果是他受的伤比我还重——我的拳头也不是吃素的。很抱歉，我这次调查成绩并不比你上次好。”

在星期四的一大早，我们又收到了史密斯小姐的来信。信中内容：

尊敬的福尔摩斯先生，我要告诉你的是，我要辞掉卡卢塞斯先生给我的工作。虽然他给我的报酬十分诱人，但是我还是决定要辞掉这份工作。我再也忍受不了这个令我十分难堪的环境。我星期六回到伦敦就再也不会回去了。卡卢塞斯先生现在准备了一辆马车，但是对于我来说，它是多余的，我再也不会经过那条偏僻危险的小路了。我感谢卡卢塞斯先生对我的特殊照顾。关于我离开的具体原因，和卡卢塞斯先生制造的难堪处境有关，更和那个令人作呕的伍德利先生有关。他的外貌原来就长得十分丑陋，现在让我细看更加丑陋了，丑陋得令我恶心。我并不是特意要咒他，他给我的印象就是这样的。他好像出了车祸，一身都缠上了纱布。他那个丑陋的样子是我从窗户上看到的，幸运的是，我没有和他见面。他进了庄园，马上就跟卡卢塞斯先生谈了起来，过了很久，卡卢塞斯一脸恼怒地走出房间。伍德利一定住在附近，他不住在卡卢塞斯先生家里。我今天早上又在灌木丛中看到了他阴险的身影。一看到他那丑陋阴险的外表我就想作呕。卡卢塞斯先生怎么会和这种人来往呢？谢天谢地，这个星期六就是我告别这些苦恼事情的大好日子。

“从这封信中我看到了史密斯小姐的危险，这是个潜在的危险，史密斯小姐直到现在都还没有意识到这一点。我们不能眼睁睁地看到一个善良、纯真的姑娘遭遇危险。史密斯小姐肯定会在这个星期六遇到大麻烦。我们不能再让这件事情朝着危险的方向发展了。星期六再忙我们也要抽出时间去保护史密斯小姐。”福尔摩斯非常激动地说完了这一席话。

事实上，我一直没有把这件事情当成一个不容忽视的案子，要不是福尔摩斯的提醒，我还会认为它只是一件荒诞、古怪的奇事而已。我认为总是跟随史密斯小姐的那个黑衣男人并不是一个非常恐怖阴险的歹徒，要知道，他骑车尾随史密斯小姐总是保持着一段若即若离的距离，史密斯小姐返身相追的时候，他又匆忙而逃的事实就可以证明这一点。至于那个混蛋伍德利我就很难揣测他的行为了，骑车的黑衣男人的真实身份到底是什么，他到底要对史密斯小姐干什么？我从福尔摩斯那一脸冷峻的神情和他把手枪放进口袋的动作就可以看出这个案件一定隐伏着暴力倾向。

大雨清洗着黎明前的黑暗，阳光普照的时候，天空万里无云，清新的空气缠绕着这个明媚的早晨。乡村的早晨给了我们一个惊喜。我们在宽阔、多沙石的乡村道路上走着，贪婪地呼吸着新鲜的空气，倾听着林中的鸟声，闻着路旁的花香。查林顿庄园离我们越来越近了，它掩藏在古老的橡树林里。事实上，庄园的历史比老橡树更加古老。福尔摩斯手指前方，前方是一条长长的道路，这条道路在石南灌木丛和树林之间延伸。在前方有一个黑点正在向我们靠近。福尔摩斯和我几乎同时看出了是一辆单马马车在向我们这个方向靠近。福尔摩斯担心地说了一句：“我还多准备了半个小时的时间，如果那是她的马车，那她肯定是在赶最早的火车了。我们必须快点，要不然她很快就会经过查林顿。”

当我们走到大路上来的时候，那辆马车已经没有了踪影，我们坚信它已经过去了，很可能是刚刚过去不久。我们急步奔向前方去追那辆马车。福尔摩斯的速度在我的意料之外。我早被他抛到后面了，我搞不懂一向不锻炼的福尔摩斯脚力怎么这样出奇的好。突然，他在我前面一百米的地方停了下来。正在这个时候，弯路上闪现出一辆空马车，猛急地朝我们冲了过来。拉车的马狂奔而来，缰绳长长地拖到了地上。

“我们来迟了，我们来迟了！”当我不停地喘着疲劳的大气奔到福尔摩斯的身边时，他后悔地喊道，“我太愚蠢了，竟然没有料到她会坐早一点儿的火车！这绝对是劫持，华生，是劫持！拦住马车！好，看看我还能弥补多少损失？”

我们拦住了马车，跳了上去。福尔摩斯扬鞭勒马，用力一提，那匹拉车的大马竟然被福尔摩斯提起了前蹄，他猛力向前一甩，把马车方向掉转过来，向它来时的方向狂奔而去。马车把我们带到了庄园和石南灌木丛之间的路段上。我扯住福尔摩斯的手说道：“不错，就是他！”这时，在我们的对面，一个骑车人正向我们冲过来，他把全身的重量都压到车把上，弓着身子，拼命地踩着自行车，速度快得出乎我们的意料。他突然抬起那张胡子拉碴的脸，看到我们向他驶来，便从车上跳了下来。他的脸色苍白，眼睛却射出逼人的光芒。他瞪着我们和马车，一脸惊讶之色。

“听到没有，你们给我停下来！快从车上下来！听到我的命令没有？这马车怎么会在你们的手上？”他首先把自行车挡在大路中间，接着掏出了一把手枪，“该死的，我的子弹可是没有长眼睛的啊！想死吗？”

福尔摩斯将缰绳丢给我，飞快地从马车上跳了下来。

“真是幸会！维奥莱特·史密斯小姐在哪里？”福尔摩斯直奔主题。

“你问我，我还要问你们呢。马车都在你们的手上，除了你们还有谁知道她的下落呢！”那个人气愤地反问。

“马车是我们在路上拦住的，我们乘上这辆马车是要去救史密斯小姐。”

“天啊！事情到了这个地步，我还有什么办法能挽救她呢？”他悲痛欲绝了起来，“一定是他们干的，该死的伍德利和那个混蛋牧师！你们快点啊！不要再耽误一分一秒了。她现在危险得很！”

他紧握着那把手枪，急匆匆地奔向树篱的一个出口，福尔摩斯也掏出了手枪。我安排好马车后，也紧跟而至。

“看他们是从这里逃走的，”他指着一条坑坑洼洼的小道上的一行杂乱足迹说，“别慌！什么人在那里？”

我们顺着他的手指方向看过去，只见一个十七八岁的年轻人被五花大绑地被捆在灌木丛旁，他的额前有一道吓人的裂缝和血污，他双眼紧闭，嘴巴张开着。我赶忙看了他的伤势，他已经昏过去了，裂缝还没有伤到脑颅骨。那个黑胡子男人惊呼道：“他是马车夫彼特，他是给史密斯小姐赶车的。这两个混蛋连无辜的马车夫都不放过。我们赶快去找史密斯小姐吧。一个无辜的人他们都下如此毒手，那么史密斯小姐就不知道要怎样遭受他们的折磨了。”说完，他带头向前边曲折的小道狂追了过去，我们看到前面不远有一座庄园，那就是查林顿庄园。福尔摩斯突然在庄园前的灌木丛前止住了脚步。他说道：“他们没有逃到庄园的房子里。左边有他们的脚印，啊！就在那桂树丛旁边。”就在这个时候，前面茂密的绿色灌木丛中传来了女人的尖叫声，这是一种惊恐万状的大叫，只叫了一声，便没有再叫起了，紧接着是一阵窒息的咯咯声。

“在这里！这里！他们都在滚球场，”黑胡子男人疯狂地叫了起来，“这些该死的家伙，我不会放过他们的！”

黑胡子带着我们冲进了一块古树环绕的林间绿草地。草地北边的一棵大橡树前站立着三个人。其中有史密斯小姐。她的嘴被一块白布堵塞住了，低着头，眼看就要昏倒在地上。她对面站着一个满脸长满红胡子的年轻人，样子十分丑陋恐怖，他的身材高大，正得意忘形地扬着马鞭在向史密斯小姐示威。中间站立着一个白发白须的老头子，一身牧师的打扮，他正把祈祷书合上，很明显他在为红胡子年轻人主持婚礼仪式，仪式刚刚结束。他在一旁奸笑着向红胡子男人祝福。

“他们这算什么婚礼呀！”我气愤地说道。

黑胡子男人带着我们疯狂地朝他们扑去。

我们奔跑的声音实在是太猛太急了，红胡子男人和那个老牧师都惊讶地朝我们望过来。这时，我看见老牧师露出了嘲笑，他向我们颇具讽刺性地低了一下头，然后嬉皮笑脸地望着我们。红胡子男人更是目中无人，竟然用马鞭指着我们放肆地大笑。

“你别把自己搞得太神秘了，我们可没有你那么虚伪，为什么不扔掉你脸上的假胡子以真面目示人呢？伪君子卡卢塞斯先生，你看到这个场景是不是很痛苦呢？”

我们这时才知道我们身边的黑胡子男人是乔装打扮过的卡卢塞斯。卡卢塞撕扯下了他脸上的假胡子，他的真实面目是一张刮得干干净净的浅黄色长脸。他迅速把枪口对准了红胡子男人，红胡子男人大怒，扬着马鞭冲向了卡卢塞斯。卡卢塞斯冷笑道：“谢谢你的记忆和眼力，伍德利，你这个该死的家伙。我没少警告过你，你竟敢侮辱史密斯小姐。你很不幸运。”

“不幸运的人是你，史密斯小姐和我已经举行了婚礼了！”

“你真该死！上帝！”

卡卢塞斯扣动了扳机，一颗愤怒的子弹打进了伍德利的胸口，伍德利的胸前鲜血立刻迸溅而出，他魁梧的身躯倒了在地上。老牧师威廉逊怪骂了一句，突然他的手上多了一把左轮手枪，他正准备向卡卢塞斯瞄准，可福尔摩斯拔枪的速度比他的速度更快。

福尔摩斯严肃地说道：“举起手来，别乱动！扔掉你手中的枪！华生，你把枪收起来！卡卢塞斯你也把枪给我。对，就这样，我们都不希望有人像红胡子先生那样倒在地上不起来了。”

“你是什么人？”

“夏洛克·福尔摩斯，很抱歉，这是一个令人讨厌的名字。”

“噢，真没有想到啊！”

“我这个名字的确有点臭名远扬的味道，威廉逊先生你暂时忍一忍吧，等下警察来了，你就舒服多了。嗨！对，我是在叫你！”福尔摩斯看到林间空地上有一个吓得缩住了身子的马夫，他冲着马夫喊了一声，“你马上骑快马把我这张条子送到法罕姆去，交给警察局的警长，让他赶快来吧。”

我不得不佩服福尔摩斯在危难之时，箭在弦上之际力挽狂澜的能力。威廉逊和卡卢塞斯在福尔摩斯面前不得不显现出他们稍逊一筹的一面。形势渐渐好转，伍德利被威廉逊和卡卢塞斯抬进了房子里，我为史密斯解开了绑在她身上的绳索，取出了她嘴里的布团。我也为伍德利做了一个紧急检查。我公布了伍德利没有性命之忧的消息。

听到这个消息，卡卢塞斯立刻从椅子上蹦了起来，他怒吼着："该死的，我一定要他去见上帝，上帝不会饶恕他的。"

福尔摩斯对卡卢塞斯说："你别冲动。上帝一直都没承认伍德利和史密斯的婚礼，关于威廉逊先生的牧师职责我们大可不必相信。他根本就不算一个牧师。"

"你别诬蔑我圣洁的牧师印象！"老头儿吼叫着。

"你早就不是牧师了。"

"我以前是牧师，我现在仍然有权利行使牧师的权力。"

"你这是耍赖。结婚证书在什么地方？"

"伍德利他们有结婚证书，在我的身上。"

"那是你们伪造的。法律条文上早就有规定，任何强迫的婚姻都不能算是婚姻，正规的婚姻是受法律保护的，我不知道你以前在当牧师的时候都是怎样为别人主持婚礼的，你和伍德利会受到应有的法律制裁。卡卢塞斯，你不应该借你的手枪出气。"

"福尔摩斯先生，我必须告诉你这一切。我也必须告诉你我是多么爱史密斯小姐，我爱史密斯小姐，所以才会做出这些愚蠢的事情来。当我知道伍德利、威廉逊要加害我心爱的史密斯小姐时，我是多么的担心她啊！伍德利在南非可是一个出了名的恶棍。于是，我决定要用自己的实际行动来保护她，我聘用了她，这是我的借口。在她赶去车站的那一段道路，在她经过查林顿庄园时，都有我的身影，我必须保护她。要知道，伍德利这个恶棍时时刻刻都在打史密斯小姐的鬼主意。我总是和她保持一段距离，我戴上了假胡子，我这样做是为了不让她认出我来。我可不想让善良、天真、纯洁的史密斯小姐发现我在跟随她，要不然，她就不会再接受我的聘用了。"卡卢塞斯悔恨地说道。

福尔摩斯问他：“你把危险告诉她不更好吗？”

卡卢塞斯回答：“你不知道这样做的后果，史密斯小姐一定会离我而去，我是多么希望每天能看到她那张美丽的脸庞啊！”

我忍不住说道：“卡卢塞斯先生，你不觉得你这样很自私吗？你为史密斯小姐着想过没有？”

“我承认你所说的事实。因为我太爱她了，我必须这么做。我一想到大恶棍伍德利、威廉逊时刻在打她的鬼主意，我就更加觉得我必须这样做。我一收到电报后，就知道我一直担心的事情就要发生了。”

“什么电报？”福尔摩斯追问。

卡卢塞斯在左边口袋掏出了一份电报。

他递给了福尔摩斯。

电报的内容就只有四个字：

老人逝世。

福尔摩斯冷冷说道：“我现在终于明白你们的关系，我也明白你们的所作所为了。电报是伍德利、威廉逊发出行动的信号。现在警察还没有来，就聊聊你们曾经的勾当吧。”

威廉逊老头子又忍不住怪骂了几声。

老恶棍大声对卡卢塞斯说：“鲍伯·卡卢塞斯，你只要敢说出我们的秘密，你的下场会像杰克·伍德利一样，或许比他更惨，我不会让你好受的。我们没有破坏你跟史密斯小姐的好事，就是很给你面子了，你别不识好歹。你别多管闲事。”

福尔摩斯的烟斗是随身携带，在我看来，福尔摩斯那个陪伴了多年的烟斗就是深思的象征，他啪哒地吸了一口烟斗，对老恶棍威廉逊说：“你千万别让自己的内心受到良心的谴责，既然这样，那就让我来讲一讲吧，你们曾经的勾当我现在是一清二楚，最开始是你们三个人一起从南非回来导演这场闹剧的，我所说的三个人大名就叫：威廉逊、卡卢塞斯、伍德利，对不对？”

威廉逊分辩说："你在胡说八道，我根本就没有去过南非，我还不认识他们两个人，如果一定要说我认识他们，那是两个月前那次见面。"

卡卢塞斯这时说道："他说得没错。"

"不错，不错，我就知道威廉逊先生是一个洁身自好的人，嘿嘿，他没干过的事情他一定会讨回公道的，能知道这点就最好，我就希望他这样明辨是非，对不对，威廉逊先生？不过等一下你就不会这么嚣张了。卡卢塞斯和伍德利两个人在南非认识了拉尔夫·史密斯。拉尔夫老得快要死去了，你们也知道，史密斯小姐是他的唯一遗产继承人，他让他侄女继承他的遗产。对不对？"

卡卢塞斯用沉默的方式回答了福尔摩斯，而威廉逊却依然在大骂福尔摩斯。

福尔摩斯接着往下说："你们一开始就在打史密斯家族的主意。你们还知道拉尔夫不会立下遗嘱。"

卡卢塞斯说："他是一个文盲。"

福尔摩斯接着说："就这样你们来到了英国，找到了这位史密斯小姐。你们最初的计划是：财色两分，一个娶她，另一个取遗产金。不知怎么搞的，伍德利幸运地被选中了做丈夫。对不对？"卡卢塞斯说："我们在旅途中打牌，以史密斯小姐做赌注。我输了。"

"喔，是这么一回事。于是你找个借口把史密斯小姐雇到你家教音乐，让她当家庭教师。你给伍德利创造机会，让他主动向她求爱。她了解到伍德利心术不正，不愿和他交往，但是你却深深爱上了她，你再也不能容忍那个恶棍骚扰她。"

"是这样的，福尔摩斯先生。"

"你们为这件事大吵了一架。你们不欢而散。伍德利决定独自引诱史密斯小姐上当。"

"尊敬的威廉逊先生，你难道不觉得福尔摩斯似乎也参加到我们的行动当中来了吗？他比我们更清楚其中的事情，我们的事情再也瞒不下去了。”卡卢塞斯惨笑着大声说道，“不错，我和伍德利因为意见不合就大吵了一架，而且还打了起来。事后他就突然失踪了，后来我才知道他认识了被开除的威廉逊牧师。他们住在一起，他们住的地方正是史密斯小姐去火车站的必经之地。这绝对是一个危险的信号，我是深爱史密斯小姐的，我决不会让别人伤害她，尤其是大混蛋伍德利这个卑鄙无耻的家伙，我一直在暗中保护她。我也时常和伍德利以及威廉逊来信，为的是想探听他们的计划。就在两天前，伍德利带着这封电报来找我，他告诉我拉尔夫·史密斯已经去世了。他要求我履行当日的诺言，我不肯。他知道我爱着史密斯小姐，他又出了一个馊主意，那就是劫持史密斯小姐，他只要拉尔夫的遗产金。我大骂了他一顿，他也回骂了我。我知道史密斯小姐的麻烦大了，这个周六她就要回城里去了，我为她准备了一匹轻便马车送她去车站，但是我不放心，于是我就骑自行车跟在她后面保护她。可是，她早已经出发了。我还没赶上，祸事就发生了。福尔摩斯先生和他的同伴赶着她的马车回来，我就知道事情糟糕极了。”

福尔摩斯又啪哒一声抽了一口烟，然后轻松地敲了敲烟斗，说道：“事情本来早就该弄清楚的，华生，当你告诉我黑衣男人在灌木丛中背着你在胸口折腾了几下，重新整理了一下自己所穿的服饰的时候，我就应该料到这一切。好了，这个案子就到此结束吧，不过，你们千万别误会，我说这话并没有代表警长和法官，我只是针对我来说的，因为我的侦破任务已经完成了。你们瞧，前面大路上来了三个全副武装的警察。华生，伍德利和那个小马车夫彼特的伤势应该不会严重到明天就去见上帝吧，你是医生，你有救死扶伤的能力，他们就交给你了。喔，别忘了，还有无辜的史密斯小姐，也麻烦你再施妙手了。我们不妨向她的未婚夫西利尔发一份电报，我希望他们早日团圆，早日举行婚礼。卡卢塞斯先生你将功赎罪了，应该祝贺你，在法庭上你如实告诉法官事情真相，我相信你会有好运的，至于伍德利、威廉逊他们两个，我就不敢想象他们的后果了。”

福尔摩斯一回到贝克街又开始了他繁重的工作，案子很多，都希望他能够相助破案。他根本没有时间打探史密斯小姐劫持案的审判结果。后来是我打探到告诉他的：维奥莱特·史密斯小姐，的确继承了一大笔遗产，她嫁给了有名的肯尼迪电气公司副总裁西利尔·莫顿先生。伍德利和威廉逊因绑架和故意伤害罪分别被判处十年徒刑和八年徒刑。卡卢塞斯的处罚我不大清楚，但我想他顶多判个一两年吧，或许没判这么久也说不定。

六座拿破仑半身像

一天夜里，苏格兰场的警长雷斯垂德前来拜访我们。他常常到我们这里来，夏洛克·福尔摩斯也非常欢迎他的到来，因为他每次来访都能让福尔摩斯知道一些警察总部的情况。除了听雷斯垂德所讲的一些消息之外，福尔摩斯对这位探长在处理的一些案件细节也非常感兴趣，每次都是非常专心地听着，有时也利用自己丰富的见识与经验，帮雷斯垂德探长提一些意见和启发，不过他从不勉强对方。

这天夜间，雷斯垂德将天气和报纸上的新闻谈了之后，就默不吭声地抽着闷烟。福尔摩斯奇怪地看着他。

福尔摩斯问道："手上有什么特殊的案子吗？"

"噢，没有，福尔摩斯先生，没有什么不同寻常的案子。"

"说给我听一下嘛。"

雷斯垂德爽朗地笑起来。

"算啦，福尔摩斯先生，瞒着你也没什么用。我现在确实有事。但这事太荒谬了，我甚至不知道应不应该给你讲。但是话说到底，这件事虽然不大，可是非常奇怪，我清楚你所感兴趣的也都是那些稀奇怪异的事情，但我认为，华生医生更应该去管这件事。"

我问：“有关疾病吗？”

“是一种疯病，一种十分奇怪的精神病。你可以想象到吗？在经过许多年之后的今天，竟然还有对拿破仑恨之入骨的人，到处砸他的像。”

福尔摩斯躺在靠背椅上，说：“这确实是与我无关。”

“没错，我早就如此说过。可是，当打碎别人拿破仑像的这个人冲到别人家中时，就应该将他送到警察局去，而不是考虑该不该把他送到大夫那儿去那么简单。”

福尔摩斯又将身子坐直说道：“冲到别人家里去！这确实挺有意思的，将详细过程说给我听听吧。”

雷斯垂德将笔记本拿出来，翻开看了几页，好像怕遗漏什么。

他说：“四天前有人来报了一件案子。是发生在莫斯·哈德逊商店里的事情，他在肯宁顿大街开了一家出售图片和塑像的小商店。店员刚从柜台走开一下，就听到有什么东西被击碎的声音。他马上跑回柜台去，看见与其他几件艺术品一块搁在柜台上的一座拿破仑石膏半身像被击碎在地上。他立刻追到大街上，可他们并没有注意这个人，并且也没有注意这个人身上有任何能辨认的特征。这件事情从表面上看像是那种经常发生的没有一点点意义的流氓行为。事情原原本本地报告到警察那里了。这座石膏像最多可以卖几先令，因此事情的全过程真像是一个恶作剧，没有调查的价值。”

“可是第二件事却比这严重多了，并且也更加古怪。这件事是昨天夜间发生的。”

“有一位著名的医生也住在肯宁顿大街上，距莫斯·哈德逊的商店仅几百码远。这位医生名叫巴尼科特，他开了一家规模非常大的医院在泰晤士河南岸，但是他的房子和重要诊所都在肯宁顿大街上，另外还有一个分诊所和药房在两英里外的下布利克斯顿街。拿破仑是这位巴尼科特大夫的崇拜对象，关于这位法国国王的书籍、画像、遗物被他摆在家里，到处都是。几天前，他又买回两座拿破仑的半身石膏像，是从莫斯·哈德逊商店中买的，那是法国雕塑家笛万的一件成名之作的复制品。他将其中的一座搁在肯宁顿街住宅的大厅之中，另外一座放在下布利克斯顿街诊所的壁炉架子上。今天早上巴尼科特医生下楼的时候感到非常吃惊，因为他发现在夜间有人来过他的住宅，但是仅仅丢失了大厅中的那座石膏像，其他什么也未丢失。石膏像被拿到屋子外边，摔到花园墙壁上了，那些碎片还在墙脚下边呢。”

福尔摩斯将两只手搓了搓，说道：“这的确非常奇怪。”

“我早料到你会对这感兴趣的，但是我还没讲完。十二点钟，巴尼科特大夫要到他的诊所去。等他到那儿的时候，他看见诊所的窗子在夜间被人打开，房子中另一座拿破仑的半身像也被打碎了，从这两件事情中，我没有找到做出这种恶作剧的流氓或者说精神病患者的一点点线索，福尔摩斯先生，现在你已明白了一切事情吧。”

福尔摩斯说：“事情虽然有些奇怪，但还谈不上离奇。你能告诉我，巴尼科特医生那两座被打碎的半身像，与莫斯·哈德逊商店被打碎的那座是绝对一个模样吗？”

“都是同一个模子做出来的。”

“这点可以表明：打碎这些拿破仑半身像的人并非是对拿破仑恨之入骨的人。仔细想想，这位国王的塑像在伦敦有无数个，就算有人对别人的崇拜偶像有逆反心理，为何偏选择三座同一个模子里做出来的塑像出气呢？如果是碰巧也太奇怪了吧。”

雷斯垂德说：“开始，我也有如此的想法。但是，一直以来这个莫斯·哈德逊都在那个区卖塑像，这三座塑像在他的店里已经放了很久。尽管你说的是对的，伦敦的塑像有许许多多，可是也许那个区仅仅有这三座塑像。因此，那个地方的一个精神病人就选择了这三座塑像。华生医生，你认为呢？”

我回答道：“偏执狂有许多种表现，没有什么限制。法国心理学家们曾称一种表现为偏执的意念，这种人的不足仅表现在一些微不足道的事情上，但在其他的事情上没有一点点异常。假如一个人读了过多有关拿破仑的书籍，或是他的家庭遗传给他以前的战斗造成了一些心理缺陷，就有产生某种‘偏执的意念’的可能性，然后在这种心理的影响下，做出一些莫名其妙的事情来。”

福尔摩斯摇了摇头说：“我的好华生，这是没有理由的，就算有天大的‘偏执的意念’，也不可能使这位有意念的偏执狂找出这些半身塑像的具体位置。”

“那你觉得该如何解释呢？”

“解释？我用不着。但我明白一点儿，这人的做法尽管有些奇怪，可是仍然有他的原因。例如，在巴尼科特医生家的大厅中，由于一点点响声都可以吵醒他们全家，因此他把塑像拿到外边去打碎；但在诊所里，由于那儿不会被任何人发现，所以打碎塑像就在原地。这一事情，从表面上看太不引人注意，但想一想从前我所办理过的一些案件，最初的时候都是从不起眼的小线索开始，所以哪怕再小的事我也不可以把它认为是没有用的事，华生，你应该不会忘记那件发生在阿贝内蒂家的可怕事情开始是如何让我注意到的吧！只是发现夏天芹菜在黄油中会沉得非常深而已。因此，雷斯垂德，我不可以小看你关于这三座打碎的半身塑像的案子。如果你愿意告诉我一些这件古怪离奇的事情的新进展，我将会对你感激不尽。”

我的伙伴想弄清楚的这件案子的进展比他意料中的快多了，凄惨多了。第二天清晨，我在卧室中换衣服的时候，响起了轻轻的敲门声，福尔摩斯手中拿着一份电报进来了。他放开嗓门地读给我听：

请马上来康辛顿区彼特街131号。

雷斯垂德

我问：“发生了什么事？”

“不清楚——任何事情都有发生的可能性。但是我觉得肯定是有关半身塑像的事有了新的进展。假若真的如此，我们这位专砸半身塑像的家伙又该在伦敦另外的地方去表演他的绝技了。华生，咖啡在桌子上，马车已经叫好了，就停在门口。”

三十分钟以后，我们来到了彼特街。这条小巷子在伦敦一个非常繁华地区的附近，没有一点点活力，死气沉沉的。一百三十一号就在那排整洁华丽的住宅中间。马车驶到那儿的时候，我们发现住宅前边的栅栏外边有许多非常好奇的人们。福尔摩斯吹起口哨来。

“天啊！一件谋杀案发生了。不然伦敦的报童是不可能将脚步停住的。瞧那个人，双肩拱起、脖子伸得长长的模样，那不可能不是发生了谋杀案。华生，这里究竟怎么啦？最上边的台阶被冲洗过，但其余的台阶却没有。嗯，脚印却挺多的！雷斯垂德站在前边的窗户那儿，我们马上就可以清楚一切。”

警长神情非常严肃地将我们领到客厅中。客厅中有一位老头子正情绪激动地来回踱着步子，他还未洗漱，身穿法兰绒晨衣。雷斯垂德对我们介绍说，住宅的主人就是他，中央新闻社辛迪加的贺拉斯·哈克先生。

雷斯垂德说道：“又是有关拿破仑半身像的案子。福尔摩斯先生，昨天晚上，你似乎对这件事非常感兴趣，但今天事情已发展为相当严重，因此我觉得你或许会更有兴趣来这瞧瞧。”

“可是到底严重到何种程度呢？”

“严重到有关人命的程度。哈克先生，请你将这件事情详细地给这两位先生讲一遍好吗？”

身穿晨衣的老头子扭过头对着我们，过分忧伤的表情充满他的脸。

他说：“这事真的非常离奇。我这一生都在采编别人的新闻，现在我自己却成了一则非常好的新闻的主角，不过我却懵懵懂懂，说不出任何东西。如果我作为新闻记者到这里来，我便可以采访我自己，晚报上也将会多两栏报道。可现在呢，我一次又一次地给不同的人讲着这条重要的消息，自己却没能好好地利用它。夏洛克·福尔摩斯先生，我久仰你的大名，如果你可以将这件奇怪的事解释好，这样无论我对你叙说多少次，我也算有些收获。”

福尔摩斯坐在椅子上专心地听他说着。

“事情的根源似乎就是由于我在四个月之前买回来的那座拿破仑半身塑像。这个半身塑像是我从哈定兄弟商店买回来的，并不值钱，从那时就放在这间屋子中。那个商店就是海耶大街车站附近的第二家。由于我的工作是新闻采编。所以经常整晚不睡觉，今天也如此。清晨三点钟的时候，我正在楼上的书桌旁坐着，忽然，有声音从楼下传来。我细心地听了一段时间，可是那声音很快就消失了，因此我觉得是外边响起的声音。”

“后来，大概五分钟之后，又传来特别恐怖的尖叫声。福尔摩斯先生，那是我有生以来所听到的最凄惨的尖叫声，我一生都忘不了。当时，我真的被吓呆了，有一两分钟不知所措。后来，我手握壁炉通条冲下楼去。来到这个房间，马上就发现窗户打开了，而且看到壁炉架上放着的半身塑像没有了。我确实不明白，小偷为何要偷走一座石膏像，这个东西一点价值也没有。”

“你也能发现，无论什么人要从这扇开着的窗子出去，他只需迈一大步就能到门前边的台阶上边，这个小偷肯定就是如此做的。随后，我将门打开，在黑暗中向外边走去，但是地上有一具尸体，险些将我绊倒。我冲到屋子中，拿了一盏灯，后来才看清楚地上躺着的那个倒霉的人——有一个非常大的洞在他的脖子上，旁边有许多血。他仰面躺在地上，膝盖是弯曲着的，张着大大的嘴，那样子非常可怕。我立刻吹响警哨，但接下去发生的事情我却不清楚，因为我昏倒了。当我苏醒的时候，我已在大厅中，这位警察在我身边。”

福尔摩斯问：“那个死尸是什么人？”

雷斯垂德说道：“他的身份没有什么物品能证明出来。他的尸体你可以到殡仪馆去看，不过到现在为止，我们还未查出任何线索。被害人三十岁未到，身材非常高，皮肤被太阳烤得黝黑黝黑的，身体非常结实。他穿着十分破旧的衣服，但给人的感觉却不像个做工的。他旁边那滩血中还有一把半角折刀。我不清楚这把刀到底是杀人的凶器还是被害人自己的东西。被害人的衣服口袋里没有别的东西，仅有一个苹果，一条绳子，一张价值一先令的伦敦地图和一张相片——这就是那张相片。”

一眼就可以看出相片是用小照相机拍出的快照。相片中的人非常瘦，像猴一般，浓浓的眉毛，显出几分机灵，脸的下半部分向外凸得非常厉害，用狒狒来形容他再合适不过。

福尔摩斯将照片认真地看了之后问道：“那座半身塑像找到了吗？”

“在你们到来以前就有消息传到我们这里来。在坎姆登街一间空房子的花园中找到了塑像，但已经打成了碎片。现在我正想到那儿去瞧瞧。你们也一块去吗？”

“去，但是我还想先在这儿再看看。”福尔摩斯在地毯和窗户上细心的查看着。“此人要么是腿相当长，要么就是身手非常敏捷。窗子外边与地面的距离相当的高，因此爬到窗台上再将窗户打开还是有一定难度的，但是跳出去可简单多了。哈克先生，你想与我们一块去瞧瞧砸碎的塑像吗？”

这位新闻工作者，此时精神颓废地坐在写字台前边。

他说：“尽管我知道这件事情在第一批晚报上已作过详细报道。可是我自己还应绞尽脑汁地写些东西。我相信我的运气！你们应该没有忘记顿卡斯特看台倒塌的那件事情吧？当时，我是唯一一个站在看台上的记者，可是我当时被吓呆了，一个字也写不出来，我的报纸也成了唯一没有报道那条新闻的报纸，而这次写发生在我家的凶杀案我又写得太迟。”

我们离开那所房子的时候，他已经“刷刷”地写起他的新闻来了。

半身塑像砸碎的地方与那座屋子仅几百码的距离。此时，我们才第一次看到这座法国国王的半身塑像，虽然它让这个不知名的人无休止的发狂和憎恨。半身塑像被打成了碎片，散落在草丛之中。福尔摩斯捡起几块碎片，细心地查看着。从他那专心致志的表情和深沉的神态中，我看出他发现了一点线索。

“发现什么了吗？”雷斯垂德问。

福尔摩斯将肩耸了耸，说：“我们前边的路还非常遥远，但是……但是……我们已找到了一些能行事的线索。在那个古怪的罪犯眼中，一座没有丝毫价值的半身塑像比一个人的性命还贵重，这是其一。其二，如果砸碎塑像是他唯一的目的，可是他既不在那个房间，也不在房子附近将它砸碎，这件事是不是有些古怪呢？”

“或许，当时他无意中碰到其他的人一时慌了神，甚至他在做什么，他都不知道。”

“不排除这种可能性，可是我想特别提醒你一下这座屋子的位置，塑像被砸碎的地方就在这座屋子的花园中。”

雷斯垂德向周围瞧了瞧，说：“这座屋子中没有人住，因此他清楚在花园中没有人会发现他。”

“非常正确，可是街的那端有一座有住人的屋子，他到这边来时肯定发现了。只要他拿着塑像，哪怕向前走一点点，也会使他被人看见的危险性增大，由此可见他为何不将半身塑像在那儿砸碎呢？”

雷斯垂德说：“我也不知道如何解释。”

福尔摩斯将头顶上的路灯指了指。

“这之中的理由是——这里，他能将自己做的一切看得清清楚楚，但在那里绝对不可以。”警长说：“没错！就是这样的。现在我记起来了，砸碎巴尼科特大夫家半身塑像的位置也是距灯光挺近的地方。福尔摩斯先生，这个问题我们该如何解释呢？”

“记下来，将它记在备案录中。或许，以后我们还会遇上此类情况。雷斯垂德，你觉得接下去我们该如何做？”

“我认为，调查清楚死者的身份是澄清案件最现实的方法。这个挺容易的，等我们将他的身份查清楚，以及与他有关系的人查清楚，我们就可以有一个好的开始，能知道他昨天夜间来彼特街的目的，和在哈克先生家碰到他而且杀害他的凶手是谁。你认为呢？”

“很对，不过我处理这桩案件的方法不是这样的。”

“那你的方法是怎样的呢？”

“噢，让我的思路影响你没有必要。我提议我们各按各的方法行事。在行事过程中，我们可以将彼此不同的见解进行交流，这样就能相互补充。”

“这个主意好。”雷斯垂德说。

“假如你去彼特街，看到哈克先生，你代我转告他，我觉得昨天夜间到他家去的那个人是一个相当可怕的杀人狂，他憎恨拿破仑已到了疯狂地步。这对他写作是有利的。”

雷斯垂德用双眼注视着他：“你的真正想法不是这样的。”

福尔摩斯轻轻地笑笑：“不是吗？或许不是吧，可我相信哈克先生和中央新闻社的订户们都会对此非常感兴趣。好啦，好啦，华生，我们今天还有许多事情等待处理呢。雷斯垂德，但愿今天晚上六点钟我可以在贝克街看到你。死者口袋中发现的这张相片，我要暂时保留一些日子。假如我的推测对了，或许，今天夜间我会请你配合我去冒点小风险。晚上再见，祝你平安！”

夏洛克·福尔摩斯与我一块到海耶街去了，我们停在了哈定兄弟商店前边。哈克先生就是在这里买的那座半身塑像。一位年纪不大的店员对我们说，到下午时，哈定先生才回来。但他来的时间不长，这里的情况他都不清楚。失望和懊丧充满了福尔摩斯的脸。

他无可奈何地说：“华生，我们不会每件事都顺利的。哈定先生必须到下午才回来，我们也就下午再来吧。你或许也已明白，我正准备将这些半身塑像的来历查出来，看看它们不幸的遭遇是不是有什么特殊的原因。现在，我们到肯宁顿大街找莫斯·哈德逊先生去，希望能从他那得到一点点线索。”

我们在马车上坐了一个钟头，到达了这位艺术品商人的铺子。哈德逊先生的个子虽然又矮又小，但很壮实，满面红光，脾气有些急躁。

他说："没错，先生。就是在我们的柜台上打碎的。如果我们的商品可以让什么流氓随意砸碎，那么我们纳税又有何意义呢？没错，先生，我卖给了巴尼科特大夫两座塑像。竟然有如此荒谬的事情发生。我想肯定是无政府主义者所为。也唯有那些无政府主义者才会去干砸塑像这种事。这些共和党人讨厌至极！你问我这些半身塑像是从什么地方进的？我不明白这与砸碎塑像有何联系。不过，既然你非要弄清楚，我就说给你吧，我的货都是从斯蒂普尼区教堂街的盖尔德公司进的。在这二十年来，这家公司一直都非常有名气。我进了多少货呢？其实就三个，三个就是二加一。巴尼科特大夫买了两个，剩下的一个居然被人大白天在我柜台上给打碎了。你问我见过相片上的这个人吗？不，我没见过。可是，我似乎对他有些面熟。对了，他是贝波。他可能是意大利人，四处做些零碎活，也曾在我的店中做过。他懂雕刻，懂镀金，能做框子，还会做许多零碎活。上个礼拜这个家伙离开我这里，从此以后，我就与他失去了联系。我不清楚他来自什么地方，也不清楚他去了什么地方。他在我这里的时候，我非常满意他干的活。他是在塑像被打碎的两天前离开的。"

我们离开商店的时候，福尔摩斯说："从莫斯·哈德逊这里，我们只能了解到这些线索。我们知道，肯宁顿和康辛顿两件案子中都有贝波这个人，说明这十英里路的马车我们还没有白坐。华生，现在，我们将去这些半身塑像的发源地——斯蒂普尼区的盖尔德公司。我相信在那儿可以找到一些线索。"

我们从伦敦的繁华地区疾驰而过，经过旅馆区、戏院区、学院区、商业区和海运公司云集的地区，最后到达一个城镇，这个城镇非常大，有十多万人口，位于泰晤士河畔。这里到处洋溢着欧洲流浪者的气息，因为那些分租房屋中全住的这些人。在以前伦敦的有钱商人们居住的宽广大街上，我们终于找到了那座雕塑工厂。有一个非常大的院子围在工厂外边，里边放满了石碑之类的物品。工厂里边有一间非常大的房间，里边有五十多个工人正在忙碌着，有的在做雕刻，有的在做模子。经理是位德国人，金黄的头发，高高的个子。他非常有礼貌地接待了我们，而且福尔摩斯所问的任何一个问题，他都作了清楚的回答。他将账目查看了一番，发现用笛万的大理石制作的拿破仑半身塑像有好几百座，一年前被莫斯·哈德逊买去的三座和哈定兄弟买去的三座就是这几百座中的。这六座与其他的塑像是一模一样的。他真的搞不清楚别人为何要打碎它们。他甚至感到这件事情太滑稽了。他们是以六先令的价钱批发的，不过零售价可以卖到十二先令，甚至更多。塑像是从两个模子中造出来的，分别是左右两边脸，做好后再将两个石膏半面模片合到一块，就制成了一个完整的塑像。经常是意大利人做这些事，我们刚刚到过的那间房子就是工地。塑像完工之后再搁在走廊中的桌子上风干，一切完毕之后，再包装起来。这位经理能够告诉我们的就这么多。

可是，在见到相片时，这位经理就异常激动。他非常气愤，满脸通红，眉头紧锁，一双日耳曼人的蓝眼睛却有些光泽。

他大声吼道："哦，这个流氓！对，我非常清楚他。一直以来我们公司的声誉都非常好，仅来过一次警察，也就是这个家伙惹的祸。那件事发生在一年以前。他将一个意大利人在大街上给杀伤了，回到这儿一会儿，警察随后就到，而且从这里将他逮捕。贝波就是他的名字，他的姓我不清楚。这样一个品行恶劣的人被我雇佣了过来，算我倒霉。但话说回来，他做事还挺好的，是个不错的助手。"

"他是判的什么刑？"

"被杀伤的人并没死，因此仅判了他二年的刑。现在，我相信他早就被释放了，不过他已没有脸在这里出现。他还有一个表弟在我们这里。他绝对可以告诉你他在什么地方。"

"不，不，"福尔摩斯大声说道，"不要把这件事告诉他的表弟，一个字也不能告诉。就帮帮忙吧。这件事非常重要，我调查一下就感到事情非常严重。刚刚你翻账本的时候，我发现那些塑像卖出的时间是去年七月三日。你可不可以告诉我贝波被捕的时间？”

经理回答说：“我翻一下工资表就能给你一个大概的时间。”他翻看工资表几页之后，说道：“没错，五月二十号是最后一次给他结工钱。”

福尔摩斯说：“非常感谢。我觉得我没必要耽误你太多的时间，打搅你啦。”最后，他叮嘱经理我们来查问的事不要告诉其他人，后来，我们又向西边驶去。

我们直到下午非常晚的时候，才匆匆忙忙地走到一家餐厅吃便饭。一个报童在餐厅的门口叫喊着：“凶杀案，康辛顿凶杀案，精神病杀人了。”报纸上的报道说明哈克先生最终还是将他的报道刊登了出来。报道占用了两栏的版面，将事情的全过程做了大肆渲染，并且词句非常的优美。福尔摩斯将报纸搁在调味品架子上边，边吃饭边看。他忘形地哈哈大笑了两次。

他说：“华生，太绝了，你听这些语句：‘我兴奋地对大家说，对这次案件的看法是一致的，因为官方经验丰富的雷斯垂德先生和有名的侦探专家夏洛克·福尔摩斯先生都同时得出了一样的结论，也就是这件以悲惨而结局的滑稽事件，绝对是因为那人精神有问题造成，而并非故意谋杀。唯有用精神有问题才可以说明这件事情。’华生，如果你知道怎样利用它，报纸就能成为十分珍贵的工具。假如你吃完了，我们就马上到康辛顿去，看从哈定兄弟商店的经理那儿可不可以得到什么线索。”

创建这家大商店的人是一个又矮又瘦又小的男人，精明能干，做事敏捷，头脑灵活，很会说话。

“没错，先生，这则消息我已在晚报上看到了。哈克先生是我们的顾客。那座半身塑像是我几个月以前卖给他的。我们一共从斯蒂普尼区的盖尔德公司进了三座这样的半身塑像，现在都被别人买走了。究竟是谁买走的？我只需翻看一下销售账目就能马上告诉你。没错，就在这里写着的。你已见过的哈克先生买去了一座，契斯威克区金链花街的约沙·布朗先生买去了一座。另外一座是瑞丁区下丛林街的桑德福先生买去的。没见过，你这张相片上的人，我从未见过。如果见过的话，我会永远记得他的，因为他的长相太难看了。我们的店员中有无意大利人？有，先生，有好几个意大利人是我们店中的搬运工和清洁工。他们若是想偷看销售账本是非常难的。不过也没有把账本藏起来的必要。对呀，对呀，这件事确实也太离谱，但愿你调查出什么结果之后可以对我说一下。”

哈定先生在讲这一席话时，福尔摩斯记住了一些事情，并且我觉得他对事情的进展特别满意。不过他什么也没有说，只说我们必须马上回去，不然就会拖延与雷斯垂德先生的约会。他说得非常对，当我们匆忙到达贝克街的时候，那位大侦探早就在那儿等着了，看得出他非常心烦，他不停地在屋子中走来走去。从他那严肃的神情中可以看出，这一天的工作，他的收获非常大。

他问道："怎么样？福尔摩斯先生，有什么收获？"

我的伙伴回答道："我们忙碌了一整天，不过是有许多收获。零售商和批发制造商我们都找到了。现在，我能从源头调查清楚每一座半身塑像。"

"半身塑像！"雷斯垂德大声说道："算啦，算啦，夏洛克·福尔摩斯先生，你用你的方式行事，我没有理由去干涉，可是我觉得你这一天的成效没我的大。被害人的身份我调查清楚了。"

"没搞错吧？"

"并且犯罪的缘由也调查清楚了。"

"太棒了！"

"我们有一个专门负责意大利区的警官，名叫萨弗伦·希尔。被害人脖子上挂着的是天主教徒的信物，另外他的皮肤有些黑，我断定他也许是从欧洲南部来的。希尔警官一见到死尸就看出是他。这个人来自那不勒斯，名叫彼德罗·维努奇，是伦敦出了名的亡命之徒，并且和黑手党有关系。你清楚，黑手党是一个机密的政治组织，他们维持党规的方式就是谋杀。你现在能看出案情有些头绪。此外那人是意大利人的可能性也非常大，并且同是黑手党的成员，或许他违背了黑手党的党规。彼德罗一直在后边跟踪他，衣袋中放着的就是那个人的相片，这是为了防止杀错人。他跟在那人后边，见他走入了一所住宅，于是在外边守候他，后来在打拼过程中不幸将自己的命给葬送了。夏洛克·福尔摩斯先生，你认为如何？”

福尔摩斯兴奋地击着掌，称赞道：“太棒了！雷斯垂德，太棒了！不过你还是没有给我说明那些半身塑像被砸碎的事。”

“半身塑像！你只记得那些半身塑像。那仅仅是一件微不足道的事，简单的偷窃，大不了关上六个月。现在，我们关键要调查的是凶杀案，我能对你这样说，我已查清楚了所有的线索。”

“接下去如何做呢？”

“接下去就非常容易了，我要与希尔一块到意大利区去，按照片找出那个人,接下来再用谋杀罪逮捕他。你愿和我们一块去吗？”

“我不去。我觉得我们能更加简单地做完我们的事情。当然我也没有十足的把握，由于事情全都在乎于——在乎于一个我们完全无法掌握的因素。不过希望非常大——可以说已掌握了三分之二——如果今夜你与我们一块行动，我能协助你抓到他。”

“是意大利区吗？”

“不对，我觉得在契斯威克区抓到他的可能性会更大一些。雷斯垂德，如果今夜你与我一块到契斯威克区去，明天，我就能与你一块到意大利区去，耽搁一个晚上是没问题的。现在我们大家最重要的就是睡几个钟头的觉，因为我们出发的时间是十一点钟，并且也许会需要一整晚上的时间。和我们一块吃晚饭吧，雷斯垂德，吃完之后你就在沙发上睡觉。华生，请你给送快信的人打个电话，让他立刻到这里来，我马上要送出一封非常重要的信。”

福尔摩斯到阁楼上去，翻找放在里边的旧报纸合订本。他下来时，眼中充满了得意的目光，不过他并未对我们说起他翻查到了什么。关于我自己，因为我紧跟着追查这个纷繁复杂的案子各个方面，因此虽然目前还不知道最终我们会如何，但是我仍然非常清楚福尔摩斯正等待着这个古怪的罪犯去砸余下的两座半身塑像。我记得契斯威克区有一座。非常清楚，当场捕获他是我们此行的目的。我伙伴的聪明才智，我不可不敬佩，为了使罪犯误以为他能接着作案而不会受到制裁，我的朋友在晚报上登了一则虚假的消息。我一点都未觉得意外，当福尔摩斯叫我带上手枪的时候。他自己也带上了他最钟爱的装了子弹的猎枪。

十一点钟时，门口停了一辆四轮马车，我们一块乘车到哈默史密斯桥对面的一个地方去。到达之后，我们叫车夫在外边等着我们，后来，我们走了一段时间，来到了一条僻静的大道上，大道两边耸立着华丽的住宅，每所住宅都有独立的花园。在街灯的照耀下，我们发现它们中间有一家的门牌上挂着“金链花别墅”的牌子。很明显主人已经睡觉了。因为四周一片漆黑，只有一圈朦朦胧胧的灯光从大厅门上的气窗中透出来，投射到花园的小路上。我们藏身的地方，就是把花园和大道隔开的木栅栏在花园中投下的一条深深的黑影。

福尔摩斯小声地说道：“我们或许会等好长时间。感谢上帝，今夜是个晴朗的夜。虽然我们不可以用抽烟来消磨时间，但是，我们胜利的可能性非常大，因此吃这么一点儿苦也值得。”

让人没有想到的是，我们等待的时间比福尔摩斯想象中的短多了，并且了结的方法也非常偶然，非常古怪。起初丝毫没有有人要来的预兆，花园的大门偶尔被推开，一个行动敏捷的黑色人影如猴一般穿过花园的小路。我们发现这个黑影迅速地从气窗射在地上的亮光上穿过，在屋子的黑影中消失。许久许久都是寂静一片。我们都屏住呼吸，随后有细微的嘎吱声传来。有人推开窗子。嘎吱声没有了，随后这家伙打算到房子里边去。我们发现房子中亮了一下深色的提灯。很明显在那儿他没有找到他想要的东西，因为我们后来又发现第二个窗户和第三个窗户又分别亮了一下那种灯光。

雷斯垂德小声说：“我们到开着的那扇窗户那儿去，待他从里边出来的时候，就能捉住他。”

可是还未等我们采取行动，那个家伙就出来了。等他走到气窗亮光射到的那个地方时，我们发现有一个白色的东西夹在他的腋下。他向周围提心吊胆地瞧了瞧，发现街上没有一个人，没有丝毫的响声，他的胆子又大了一些，他背朝着我们，将手中的东西放下。随后传出一声响亮的“啪哒”声，接着又传出一阵嘎嘎声。这个家伙专注地忙他自己的事时，福尔摩斯如猛虎一般向他扑了过去，雷斯垂德与我马上一起扭住他的一只胳膊，将手铐扣住了他。等我们将他扭转过来的时候，一副尖嘴猴腮的丑陋面孔出现在我的眼前，他正是我们手中相片上的这个人，他脸上的肌肉在抽搐着，注视着我们的目光充满了仇视。

可是福尔摩斯并不在意我们抓到的这个人。他在台阶上蹲着，专心致志地查看着这个人从房子中偷出的物品——一座拿破仑的半身塑像，与我们那日清晨见到的没什么区别，并且同样被打成了碎片。福尔摩斯将每一块碎片都拿到灯光下仔细地观察，可是每一片都与其他的碎片一模一样，没有丝毫不同的地方。他刚刚查看完毕，屋中客厅里的灯就亮了。门推开，一位慈祥、胖胖的人站在我们前边，他身着衬衫和长裤，他正是房子的主人。

福尔摩斯说：“如果我没猜错的话，你就是约沙·布朗先生吧？”

“没错，先生，你肯定是夏洛克·福尔摩斯先生啦？你叫送快信的人送来的那封信我收到了，随后就严格照你的要求去做。我们将所有的门都从里边锁死，静待着事情的发生。你们能捉住这个流氓，我非常高兴。请你们进屋喝点茶吧。”

不过，雷斯垂德急需将凶手送到一个难以逃脱的地方去，因此，几分钟之后，他就把门外守候着我们的那辆出租马车喊了过来，在返回伦敦的路上，凶手什么也没说，一直以仇视的目光注视着我们。有一回，我的手挨他有些近，他就像饿狼似的向我抓过来。我们在警察局待了几分钟，将他的搜查结果了解了一番。从他身上仅找到几个先令、一把装在刀鞘中的长刀子，刀把上沾有许多新鲜的血迹。

我们离开时，雷斯垂德说：“请放心，希尔警官对这些流氓都非常了解，他的姓名马上就会知道。你瞧，我当初说他们与黑手党有关系是对的。但是，福尔摩斯先生，我仍然对你能如此绝妙地捉到他而表示感谢，不过我仍有些不清楚这其间的细节问题。”

福尔摩斯说：“现在已是深夜，不便于解释。另外，还有一些问题没有搞彻底，况且这桩案子有让人深究到底的必要。如果明晚六点钟，你能到我家来，我绝对保证，就算此刻你没有搞清楚这桩案子的本质，到时你也会知道的。这桩案子非常有特色，在刑事案件中能称得上是举世无双的。华生，如果我允许你接着记录我处理的一些案件，我敢保证这桩有关拿破仑半身塑像的奇异案子绝对可以使你的叙述增添光彩。”

第二天晚上，雷斯垂德到我们这里来的时候，凶手的情况已弄清许多了。凶手的名字叫贝波，姓氏不清楚。在意大利区他是有名的游手好闲的恶棍。他非常善于雕刻，以前有段日子也曾经正经地挣过钱，可是后来却变得不务正业，到监狱作过两次客，一回是由于偷窃，一回就是我们都知道的杀伤他的一个同胞。他的英语讲得非常棒。他打碎这些半身塑像的真正缘由还未搞清楚，因为有关这些问题他都避而不答，不过警方觉得这些塑像是他亲手制作的可能性非常大，因为他在盖尔德公司的时候，做的就是这些事。虽然我们几乎已清楚这些情况，但是出于礼貌，福尔摩斯还是专心地听着。我由于太了解他，因此能显然地看出他在想其他的事情，并且我还看出他一贯的神情中有些许的担心和期盼。后来，他突然从椅子上站了起来，眼中充满了光泽。传来了门铃的声音，随后又有脚步声从楼梯上传来，走进来一个面色红润、满脸灰白连鬓胡子的老头子。一只已不流行的手提包被他提在右手中，走到屋子中后，他把包搁在桌子上边。

“夏洛克·福尔摩斯先生在这里吗？”

我的伙伴微微一笑，并点了点头，然后说：“你应该是瑞丁区的桑德福先生吧？”

“没错，先生。很抱歉，火车出了点故障，所以来迟了。你在给我的信中提到过我买的半身塑像。”

“没错。”

“你的信在这儿。信中你说：‘我想购买一座笛万的拿破仑半身塑像的复制品，愿意将你手上的那座出十镑买下来。’没错吧？”

“没错。”

“我接到你的信觉得非常奇怪，因为我搞不懂你是如何知道我有这样一座半身塑像的。”

“你肯定会觉得奇怪，不过理由非常简单。哈定兄弟公司的哈定先生告诉我们，你是他们最后一座塑像的买主，而且将你的地址给了我。”

“哦，原来如此。他对你说是多少钱卖给我的吗？”

“这倒没有。”

“尽管我不算太有钱，可我非常诚实。我是花十五先令买下这座塑像的。我觉得在我收你十镑以前有必要让你明白这点。”

“桑德福先生，你真是个好人，不过既然我已经把价钱定下了，我就不能悔改。”

“福尔摩斯先生，你非常慷慨。我照你的吩咐，已经将塑像拿来了，就在这里！”他把手提包打开，将塑像拿到桌子上。因此，我们总算见到了一座完好的半身拿破仑塑像。在此之前，我们仅见过碎片。

福尔摩斯将一张纸条和一张十镑的钞票从衣袋中掏出来，搁到桌子上。

“桑德福先生，请你在这张条子上签个字，他们两位可以充当证人。这就证明我真正有支配这座塑像的权力，我是一个做事非常讲原则的人，况且谁也无法预料这个世上将来会发生什么事。非常感谢，桑德福先生。给你钱，祝你做个好梦。”

我们的客人离开以后，我开始注意夏洛克·福尔摩斯的动作。他从抽屉中找出一块洁净的白布，在桌子上边铺好。接着将刚买的半身塑像放在白布的中央，然后拿出猎枪，朝着拿破仑塑像的头用力地砸下去，转眼间，塑像就成为了一些碎片。福尔摩斯马上趴在桌子上边查看塑像的碎片。过了一会儿，他兴奋地大声喊着，将一块碎片举起来，有一个圆圆的，颜色挺深的，如布丁上的葡萄干的东西嵌在上边。

他大声说着："各位先生们，请让我向你们对著名的鲍吉亚斯黑珍珠作一下介绍。"

雷斯垂德和我在一时之间都呆住了，接着我们禁不住地拍起手来，就如看到一部电影的高潮部分一样。福尔摩斯没有一点点颜色的脸上也有了些许的红润，还对我们深深地鞠了躬，像戏剧大师对观众的喝彩致谢那样。也就在这种情景之下，他才可能暂时停止一下他的理性思维，有喜欢接受别人称赏的正常表情显露出来。他原本高傲冷漠的本性，曾经那般地讨厌世俗的荣誉，此刻朋友真心流露出来的惊喜和称赞却将他深深地感动了。

他说："很对，先生们，世界上现存的最著名的珍珠就是这颗。我真幸运，竟然可以从一系列的推测，从珍珠丢失的地点——达柯尔饭店科隆那王子住过的起居室——一直追查到六座拿破仑半身像的制造地——斯蒂普尼区盖尔德公司，终于在最后一座中将它找到。雷斯垂德，你应该不会忘记这颗宝贵的珍珠丢失时引发的轰动吧，当时警方费尽周折也未能调查清楚。他们还向我请教过，可是我也没法解决。当时王妃的女佣成了怀疑的对象，她是一个意大利人。我们调查到在伦敦她有个兄弟，不过他们之间是何种关系我们并未查出来。女佣名叫卢克莱齐亚·维努奇，我相信两天之前被杀死的那个彼德罗便是她的兄弟。我从旧报纸中的日期得知，贝波由于打架被捕的前两天就是珍珠丢失的日子。贝波被捕的地点就是盖尔德公司的厂房，当时厂中正在制作这六座半身塑像。现在，你们能弄清楚事件发生的顺序了，不过你们的行事方式与我是相反的。当时，贝波已将珍珠搞到手，很有可能是从彼德罗那儿偷出来的，或许与彼德罗是同伙，另外，说成是彼德罗和他妹妹的中间人也有可能。不过关于这一点我们搞不搞明白也无所谓。"

"关键是他将这颗珍珠带在身上，并且当时警察正在追他。

当他到达工作地方时，清楚仅剩下几分钟的时间将这颗价值连城的宝贝藏起来，不然就会被警察收走。当时，这六座拿破仑石膏像正搁在走廊中，进行风干，其中还有一座没有硬。贝波是一个老练的工人，他立即在湿石膏像上边捣了一个小洞，将珍珠藏到里边，然后再将塑像修理成原样。这种藏东西的方法真是太妙了，一般人是不可能想到的。可是贝波在监狱中整整待了一年，与此同时，这六座半身塑像分别被卖到了伦敦不同的地方。他也不清楚那颗珍珠在哪一座塑像里边。将石膏像进行摇摆也是没有用的，因为珍珠被湿石膏给死死粘住了，因此唯有将石膏像打碎才可以找到珍珠。贝波并未灰心，并且聪明地、耐心地接着找寻。他从在盖尔德公司上班的表弟那里知道了那购买六座半身塑像的零售公司。他运用他的聪明头脑将工作固定在莫斯·哈德逊公司，因此那三座塑像的去向就清楚了。不幸的是这三座塑像中并没有那颗珍珠。后来他得到一个意大利雇员的帮助，又知道了另外三座塑像的去向。一座在哈克先生家。在那儿他的同伙跟踪了他，这个人觉得珍珠的失踪他应负责。后来在扭打的过程中，他将他的同伙杀死了。”

我问：“假如这个家伙是他的同伙，为何又将他的相片带在身上呢？”

“带上相片是为了方便找到他，因为这个人或许要在其他人那儿询问贝波。这是个非常明显的道理。我断定贝波在杀了他的同伙以后，或许就会更快地行动，决不会拖延。因为他害怕警察会知道他的机密，因此要在警察到来之前处理好一切。不过，我不能肯定他是不是将珍珠从哈克的那座半身塑像里边找到了，而且我也不能肯定他找的就是珍珠，不过我敢肯定他在找寻什么东西，因为他每次将半身塑像搞到手，都会在走过几间房子之后，找一个有灯的花园才将它打碎。如果哈克的那座半身塑像仅是三座里的一座，这样珍珠在其中的机遇也仅是我对你们讲的那样是三分之一。余下还有两座，毫无疑问，他会先去找在伦敦城中的那一座。我提前通知房屋的主人，为防止发生什么不幸的事。后来我们到那里去之后，一切都顺利地进行完。显然，这个时候我已非常明白我们查找的就是鲍吉亚斯珍珠。死者的名字将这些事情连到了一块。现在只剩下瑞丁区的那一座半身塑像，并且珍珠肯定在那座像里边。我将你们作为证人从塑像的主人那儿将塑像买了过来——珍珠便在这里。”

我们坐在那儿好长一段时间都不知所措。

雷斯垂德说：“福尔摩斯先生，你侦破的案子我见得多了，可是这桩案子的侦破算得上最绝妙的。我们苏格兰警场的人并不会去嫉妒你，不会的，先生。我们全将你作为一种自豪。只要你明天到苏格兰警场去，无论是年纪大的还是年少的警察，每一个都会快乐地和你握手，表示敬意的。”

福尔摩斯说：“非常感谢！非常感谢！”他将头扭过去，脸上出现了从未有过的神情，那是被世间的真情感动的神情。但几秒钟之后，他又回到了原样——沉静且又现实的思想者。他说：“华生，将珍珠锁到保险柜中去，另外顺手将孔克——辛格顿虚假案的文件取出来。再会，雷斯垂德。假如你再碰到什么新的情况，我会非常高兴并尽我的全力帮助你。”

失踪的中卫

在贝克街时，我和福尔摩斯经常会收到一些内容离奇的电报，对于我们，这本来是很平常的事。但是七八年前收到的一封电报给我的印象非常深刻，那是二月的一天早上，天气非常阴沉。电报是给福尔摩斯的，他接到电报看了大约十几分钟，也不懂其中的意思，电报的内容是这样的：

请等我。万分不幸，右中卫失踪。明日急需。

欧沃顿

福尔摩斯仔细瞧了瞧，说："这封电报是十点三十六分在河滨发的，从电报的内容来看，这个欧沃顿先生的心情非常不平静，因此话语意思不明白。不过我相信很快他就会来到这里，说明事情的前因后果。"那个时候，我们非常清闲，因此，即使是鸡毛蒜皮的小事，也能引起我们的注意。

我深有体会，无事可做的平淡生活可真让人难以忍受，尤其对于福尔摩斯，他聪明过人，头脑复杂，如果让他无事可做，那简直比杀了他还难受。以前，他总是服用人造的兴奋剂来刺激他的头脑。现在，在我的管制下，他不再服用这种药了，其实他也知道这种药对他的工作没有任何好处。但是我心里明白，他虽然停了药，但他的病并没有好，只是深深地潜伏了下来。就是说在某些时候，可能会重新发作。如果那样，真是可怕极了，福尔摩斯会变得面容憔悴、阴险，让人无法猜透。现在，这个叫欧沃顿的人给他带来了工作，这使我也放下心来。因为对于我的朋友，有难度的挑战是他最好的精神食粮，无所事事才是他的痛苦。

果然不出所料，没多久，那个人就来了。他递过他的名片，我看见名片上写着：剑桥、三一学院，西锐利·欧沃顿。这是个英俊潇洒的年轻人，长得又高又胖。他进门的时候，宽宽的身体刚好能进得来。他看起来精神不太好，眼睛大而无神。

他边打量边问："谁是夏洛克·福尔摩斯先生？"

我的朋友说："我就是。"

"福尔摩斯先生，我先去过伦敦警察厅，拜访了霍普金侦探。他让我来找您。他对我说，只有您才能帮我，所以我就来到了这儿。"

"请坐吧，您发生了什么事？"

"福尔摩斯先生，我可真不幸，简直把我急死了。您知道高夫利·斯道顿这个人吧？他可是我们全队的主力，绝对不能少了他。他是我们队的核心、灵魂。不管是传球、运球、还是抢球，都是无人能比的。现在，我真的一点儿办法都没有了。福尔摩斯先生，您帮帮我，告诉我该怎么办。当然后备人员还是有的，像莫尔豪斯、斯蒂文逊，但是他们都不合格，莫尔豪斯是前卫队员，但他总是老想着进去夺球，不想守在边线上。他的定位球虽然踢得很好，但他把握不住机会，没有硬拼的精神，这样，牛津的队员莫尔顿或约翰逊，就会抓住他的缺点。斯蒂文逊虽然跑得快，但他既不会踢落地球，也不会踢空球,这样的队员要他有何用。福尔摩斯先生，您一定要帮我把高夫利·斯道顿找回来，否则，我这次非输不可。”

我的朋友聚精会神，有滋有味地听着这个年轻人的讲话，这年轻人怕我的朋友不理解，不时地用手势比划着。他刚一停止说话，福尔摩斯就拿起桌子上的“Ｓ”字母的资料翻了一下，却没有发现要找的人。

他说：“这儿有阿瑟·Ｈ·斯道顿，他是制造假币的。还有一个叫敦利·斯道顿，已被绞死了。唯独没有高夫利·斯道顿，先生，请你告诉我他是干什么的？”

那个年轻人惊奇地瞪大眼睛。

他说：“福尔摩斯先生，你怎么会不知道高夫利·斯道顿呢？那您也肯定不知道西锐利·欧沃顿了？”

福尔摩斯微笑着点了点头。

这年轻人说：“神探先生！在英格兰和威尔士的球赛中，我的球队是最优秀的，英国人没有人不知道，尤其是高夫利·斯道顿。我是大学生队的领队，您不知道没关系。但是您不能不知道高夫利·斯道顿。他是最优秀的中卫，曾被好几个队邀请过，像著名的剑桥队、布莱克希斯队，国家队也请过他。福尔摩斯先生，以前您不住在英国吗？”

福尔摩斯看着这位可笑的年轻人，说道：“欧沃顿先生，您和我的生活环境不同，你的生活朝气蓬勃，而我虽然和各层次的人都有关系，唯独和体育界没有接触，尤其是英国最出名的、最使人感到愉快的业余体育运动。您的光临，说明我真的应该接触一下你们的活动。好了，下面请您慢慢地告诉我，我到底怎么才能帮助你？”

欧沃顿听了他的话，无奈地耸了耸肩，他习惯体力劳动，对于脑力劳动，还真有点力不从心。他想了一会儿，才开始给我们讲述他的故事，不过，这之中仍然有很多重复和模糊，在这里我就把它们去掉了。

“福尔摩斯先生，事情是这样的。我是英国剑桥大学橄榄球队的领队，而高夫利·斯道顿是我们队最优秀的中卫队员。明天晚上我们就要进行一场比赛，对手是牛津大学队。我们是昨天到达这儿的，就住在班特莱旅馆。晚上十点钟的时候，我去看了一下队员，让他们赶快休息。你知道我们必须要有充足的睡眠。但是，我发现斯道顿心神不宁，好像不舒服。我问他有什么事，他说没什么，只是有点头疼，我嘱咐他要多休息，向他道了声晚安就走了。大约过了半小时，旅馆的服务员对我说曾有个看起来非常贫困的人来找高夫利，说有他的一封信。那时他已经休息了，所以服务员只好把信送到他的房间里，高夫利读了信后，就猛地倒在椅子上，好像突然受了什么打击。那个服务员怕出事，想来叫我，但被高夫利阻止了。后来高夫利喝了水就下了楼，和那个送信的人说了几句话，然后两人就匆匆忙忙地走了。今天早上我才知道他不见了，也不知道他去了哪儿。你知道，高夫利爱球如命，如果没有比他生命更重要的事，他决不会离开球队的。”

福尔摩斯听得入了迷。

过了一会儿，他问：“你发现他不见后，你是怎么做的？”

“我发现他不见后，就立即给剑桥拍了电报，向他们打听他的消息。但是他们说高夫利没有回去。”

“他有可能回剑桥吗？”

“有，那时还有一趟末班车，开车时间是十一点十五分。但是没有人见过他。”

“后来你又怎么做的呢？”

“我又给蒙特·詹姆士爵士拍了电报。”

“蒙特·詹姆士爵士，他是谁？”

“是高夫利最近的一个亲戚，好像是他的叔父，你知道，高夫利无父无母，是个孤儿。”

“这也许对此事有帮助，蒙特·詹姆士可是英国的富翁。”

“我也曾听高夫利这么说过。”

“高夫利是他唯一的亲戚？”

“是的，还是他的继承人，蒙特·詹姆士老爵士现在已经快八十岁了，而且还有很严重的风湿病，听人们说他可能活不长了。但这个人非常吝啬，他从来没有给过高夫利一分钱。”

“蒙特·詹姆士给你消息了吗？”

“没有。”

“假如高夫利是去了他叔父那儿，那走的原因是什么呢？”

“昨天晚上，高夫利心里好像有事，所以一直心绪不宁。他如果对我说了，还有可能是关于爵士遗产的事。但据我所知，高夫利很可能得不到这笔遗产，因为，他从不喜欢那个爵士，也不愿意去他那儿，要是爵士不要他去，他决不会去的。”

“不过，我们可以假设一下，如果高夫利真的去了蒙特·詹姆士爵士那儿，你能够解释那个非常贫困的人吗？还有高夫利的急躁不安。”

西锐利·欧沃顿陷入了沉思，他无力地摇了摇头。

福尔摩斯见他这副模样，便说：“既然如此，我也非常乐意帮你。今天天气不错，我们就出去调查一下吧。况且你们还要参加比赛。但不管是什么样的情况，都应该弄清楚。他不明不白突然离开他心爱的球队，一定发生了什么重要的事情，并且使他脱不开身。好吧，让我们先去你们的旅馆问一问有什么新线索。”

我的朋友心平气和，很快使那个年轻人平静下来。一会儿，我们就来到旅馆，在服务员的带领下，我们走进高夫利的房间。福尔摩斯向服务员打听他所知道的关于高夫利的一切。服务员告诉他昨天晚上向高夫利送信的人既不像一个绅士，也不像一个仆人，而是一个生活拮据、穿着破烂的家伙。年龄大约在五十岁左右，头发、胡子稀疏发白。他来的时候心情似乎很激动、也很慌张，给他信的时候手哆嗦着。高夫利和那老头交谈的时候，服务员说他好像听到了“时间”二字。后来，他看到他们匆匆忙忙地出了旅馆。那时正好是十点半。

福尔摩斯坐在高夫利的床上问服务员：“你值白班还是夜班？”

“我值白班，下班时间是十一点半，先生。”

“那么值夜班的服务员有什么情况吗？”

“没有，先生。”

“昨天你一整天都在上班吗？”

“是的，先生。”

“昨天有什么关于高夫利的情况吗？”

“昨天有一封他的电报。”

“电报？是吗？这是一个很重要的情况，大约是几点钟的事？”

“好像是六点钟左右。”

“高夫利接到电报时在哪里？”

“就在这间房子里。”

“那时你在场吗？”

“在，我看着他拆开了电报，并且等他读完，问他是否要回电报。”

“他回电报了吗？”

“是的，他回了电报。”

“那么，是你帮他发的回电？”

“不是，是他自己回的。我一直站在那儿等他写完。

但当他写完后却对我说：‘服务员，不麻烦你了，我自己去发吧。’然后，他自己就去了。”

“那他是在你面前写的回电了，他是用什么笔写的？”

“当时我没注意，先生。”

“那他是不是用的这个桌子上的电报纸？”

“是的，先生。他就是用的最上面的两张。”

福尔摩斯从床上站起来，走到桌子前拿起了电报纸，然后走到窗前，认真地辨认上面的痕迹。

过了一会儿，他失望地说："真遗憾，他用的不是铅笔。"他把电报纸丢在桌上，对我说："华生，你知道，他如果用铅笔写，字迹肯定会印在下面的纸上，可是，在这张纸上却没有。哎，他好像是用粗尖的鹅毛笔写的，这样，吸墨纸上绝对会有痕迹。"他急忙跑到吸墨纸前拿起吸墨纸，高兴地叫起来："果然不错，你们看，这上面有痕迹。"他拿过一条吸墨纸，走到我们面前，让我们看。的确如此，那上面有模模糊糊的字迹。

欧沃顿高兴地大声说道："快拿来放大镜，用放大镜看。"

福尔摩斯说："不用了，不用了，这是薄纸，从反面就能辨认出是什么字了。"

他翻过吸墨纸，仔细辨认了一会，读到：

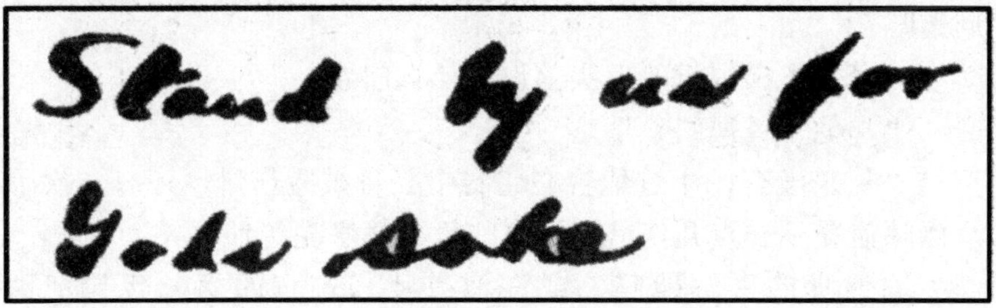

（译为：请看在上帝的分上支持我们！）

"这一句是高夫利·斯道顿失踪前三四个小时所拍的电报中的最后一句话。"

那封电报模模糊糊地只能看清这些，上面有好几个字我们无法辨清。但从能看得清楚的那些内容可以看出，高夫利一定发生了很严重、很危险的事情。且从这里可以看出，这之中肯定有另外一个人能够帮助他。电报中的“我们”就说明了这一点。但是不是那个看起来贫困、脸色苍白、而且很焦急的老头呢？如果不是他，那么还有谁呢？高夫利和那个老头又是什么关系呢？他们究竟遇到了什么样的危险？发生危险的地方又在哪儿呢？所有的问题都摆在了我们面前，我们的工作就是解决这所有的问题。

于是，我对他们说：“我们应该先调查清楚这封电报是发给谁的。”

福尔摩斯说：“是应该这样做，亲爱的华生，你的方法不错，但是你知道，做这件事可不容易。到邮局去翻找别人的电报稿存根，邮局里的人可不愿意这么做。因为这是一件非常麻烦的事。是否能找到一些好的方法呢？欧沃顿先生，我能看一下桌子上高夫利的文件吗？”

福尔摩斯在欧沃顿的允许下，开始快速而又极认真地翻阅起来，但没有发现有用的东西。

不久，他抬起头来说：“这些东西没有能帮上忙的。对了，我顺便问一下，你的朋友高夫利的身体状况怎么样，头脑不会有问题吧？”

“身体一向很健康，头脑也没什么问题。”

“那他生过病吗？”

“从来没有，不过他曾在比赛中胫骨被踢伤过，还有一次因滑倒膝盖受了一点儿伤，不知这些算不算病呢？”

“你真的了解他吗？或许他有什么难言的病。我想把这两份材料带回去研究一下，以便将来能用得着。行吗？欧沃顿先生。”

“等一下，等一下！”门口传来了焦急而严厉的声音。我们同时抬起头向门口望去，只见一个古里古怪的小老头从门口走了进来。他的黑色上衣已经洗得发白了，系了一条白色的领带，戴着宽边的礼帽。这身打扮看上去非常土气，就像一位殡仪馆的工人。虽然他衣服破旧，打扮得也有点滑稽，但他说话却非常有力。他看到我们都在看他，便焦急地说道："先生，你是干什么的，你可没有权力动这些文件。"

这时，福尔摩斯对他说："我是一个私人侦探，我翻阅这些文件是想调查一下高夫利失踪的原因。"

"你是私人侦探，是谁请的你？"

"是这位先生，"福尔摩斯指着欧沃顿说，"他是高夫利的朋友，球队的领队。"

小老头又问欧沃顿："先生，你是高夫利的朋友，你叫什么名字？"

"西锐利·欧沃顿。"

"西锐利·欧沃顿，是不是你给我发的电报？我就是蒙特·詹姆士爵士，我收到电报后就急忙乘倍斯瓦特公共汽车赶来了。是你请的这个侦探寻找高夫利的？"

"是的，先生。"

"但你准备好费用了吗？"

"我想如果找到高夫利，他一定会付钱的。"

"那只是如果，你可知道另一种如果，找不到怎么办？"

"如果真的找不到，我想他的家人会付……"

"你错了，这是绝对不可能的，你们休想从我这里拿走一个便士——半个便士也不行。"那老头急促而生硬地说道，"侦探先生，你弄清楚，我是高夫利的唯一亲人，但我是不会付钱的，我从来不会为这种事而浪费一分钱。他也许能继承我的财产，但至少现在他不会得到的。侦探先生，你不能随便翻他的那些资料，如果那儿有值钱的东西，丢了或不见了，这个责任你能负得起吗？"

我的朋友夏洛克·福尔摩斯有点气愤，但他仍然平静地对那老头说："先生，你既然说了这种话，那好吧。我想问你一下，对于高夫利的失踪，你有责任吗？"

“一点儿没有。先生，他已经不是小孩子了，他应该对自己负责。现在他失踪了，‘找到他’这个责任已完全与我无关了。”

福尔摩斯气极了，他讽刺道：“你的意思我完全明白，但是我们的意思你却不明白。其实人们一直把高夫利当做一个穷人。现在他失踪了，也许被劫持，那绝不是因为他自己有钱的原因。蒙特·詹姆士爵士，我清楚地告诉你，如果真是强盗绑架了你的侄子，那是因为你的财产，你的富有，全英国没人不知道。”

福尔摩斯的一番话使这个让人讨厌的小老头的脸红一阵白一阵。

但他除了羞愧，更感到害怕：“真的吗？那太可怕了，真不可思议，世界上竟有这样的坏蛋！高夫利不会出卖我吧？他可是一个懂事的孩子，从来不向我要钱，他是个坚强的孩子。不过，我还得防备着，我今晚就要把钱存进银行。尊敬的侦探先生，我还是求求你一定把高夫利找回来，不然我心里会不安的。至于钱吗？您尽管向我要，五英镑、十英镑都可以。”

这个葛朗台似的吝啬鬼，站在这里除了让人讨厌之外毫无用处，因为他除了知道高夫利是他侄子之外，其余的一无所知。我们巧妙地把蒙特·詹姆士爵士劝走了。不得已，我们只好回到那唯一的线索——电报上，福尔摩斯拿起那份残文和我一起出了旅馆。欧沃顿也去和他的队员解决有关比赛的问题了。

我们找到离那个旅馆最近的邮局，到邮局门口时，福尔摩斯说：“华生，别紧张，我们可以尽力试一下。唉，如果有证明，那就好办多了。但是现在没证明，我想邮局所要面对的人很多，不会留意我们的相貌的，我们赌一次。”

我们走进邮局，他对格栅后一名正在写东西的年轻妇女平静地说：“小姐，打扰您一下，昨天我发了一封电报，现在还没收到回电，我想起来了，可能是有点错误，好像忘了在后面写名字了。能帮我查一下吗？”

她问：“您什么时候发的？”

“大约六点多一点。”

“发给谁的？”

我刚要说话，福尔摩斯用手势制止了我，然后，他用肯定的口气小声地说：“电报上的最后一句话是‘请看在上帝的份上支持我们！’拜托您给我找一下，因为我急需回电。”

很快，这个妇女从下面抽出一张存根，说：“就是这一张，上面没有名字。”随后，她把存根递给我们看。

福尔摩斯也装作后悔的样子说：“我说我怎么没有收到回电，原来我真的没有写名字。谢谢你，小姐，祝你早安。”

等我们来到大街上，福尔摩斯得意地笑了。

我问他：“事情有进展吗？”

“是的，我们太幸运了。华生，你知道吗？在进邮局的大门之前，我想到了七种能看到存根的办法，没想到第一个方法就成功了。”

“你得到的内容有用吗？”

“当然，它让我知道了该从哪儿调查此事。”

随后，他叫了一辆出租马车，我们到了帝国十字街火车站。

我问：“我们要去很远的地方吗？”

“不错，我们去剑桥，因为这个电报是发到剑桥的。”

在路上，我问我的朋友：“对这个案子，你是怎么想的？由我们解决的案子还从来没有一个像这个案子似的，出事的原因竟这样不明了。是因为蒙特·詹姆士爵士的遗产吗？”

“亲爱的华生，我不否认，但也不这么认为，当时我说那番话，是因为我实在不能忍受那个小气的小老头。”

“的确让人讨厌。但这件事你是怎么考虑的呢？”

“我们可以谈谈。你要清楚地知道，这件事偏偏发生在比赛前一天，而且失踪的是一个能决定输赢的球员。当然，这也许是一个巧合。据我所知，业余比赛是不准许设赌的，但有些社会上的人也许不听，就像那些赛马场的人在马上下赌注一样。这是我的第一个看法。第二种看法意思更明显，高夫利现在虽然很穷，但他毕竟是富翁的继承人，劫持他为了得到赎金，这也并不是不可能。”

“但是这两种解释都和电报没有关系呀。”

“不错，所以电报还是我们目前最重要的线索。因此我们现在要到剑桥去了解关于这封电报的情况。我希望在天黑之前有个结果，至少要有一定的进展。”

当我们到达剑桥的时候，天快黑了。福尔摩斯和我下了火车就租了一辆马车，然后直接到了一个叫莱斯利·阿姆斯昌的大夫家。莱斯利·阿姆斯昌就是那封电报上的名字。没多久，我们就在一栋豪华的楼房前停了下来。我们下了马车，看到这条街道非常热闹繁华。我们顾不得欣赏，急忙走到这座房门口，一个仆人把我们领了进去，过了好长时间，我和我的朋友才被允许走进这个医生的诊室。

“莱斯利·阿姆斯昌”这个名字对我来说很陌生，尽管他是著名的剑桥大学的负责人之一，而且还是欧洲大名鼎鼎的学者，在很多科学领域中都有很高的造诣。我不了解是因为我和医学界之间的接触太少了。但不管怎样，此刻我面前的这位大夫倒是给了我很深的印象，一张方方正正的胖脸，眉很浓，眼睛大但很忧郁，下巴生硬，像是大理石做成的。看来这是个性格倔强、冷酷无情，头脑聪明，不容易对付的人。我的朋友递上他的名片，然后，我们坐在了一旁的沙发上。

莱斯利·阿姆斯昌大夫很随便地看了一眼，然后抬起他那没有表情的脸，说：

“夏洛克·福尔摩斯先生，我听说过你的名字，对你的职业也了解一点，但是我却不喜欢这种职业，甚至有些反对。”

我的朋友平静地说：“社会上的罪犯是要有人来调查的。”

“是的，您的职业是有人支持。但是，这些事情警方都能做得到。像你这种私人侦探，经常调查别人的私事，本是别人的隐私，你却把它调查出来，我觉得这样是不道德的。最重要的是还经常打扰非常忙的人，就像现在，我的时间是用来写论文的。”

“大夫，你的话有些是对的，不过，最后你会明白的，这次谈话是有价值的。我还顺便解释一下，我的职业并不像你说的那样，我是根据别人的需要来调查别人的秘闻和家庭生活，但我不会把别人的隐私宣扬出去。这种事情如果落入警方的手里，那就不一样了。今天来，我是向你了解高夫利·斯道顿先生的一些情况的。”

“高夫利·斯道顿？他发生了什么事吗？”

“你认识他吗？”

“认识啊，我们是好朋友。”

“他失踪了，你不知道吗？”

“失踪？真的吗？”这个胖大夫平静地说着，脸上仍然没有任何变化。

“他是昨天离开的，到现在为止没有任何消息。”

“他不是小孩子，他会回来的。”

“可是，明天他们就要比赛了。”

“我最讨厌这种孩子似的比赛，我关心他，是因为他是我的朋友，我喜欢他这个人。对于什么比赛，那与我无关。”

“现在我想知道关于高夫利的一些情况，你知道他现在哪儿吗？”

“不知道。”

“他昨天来过这儿吗？”

“没有。”

“高夫利没有生病吧？”

“他身体十分健康。”

“他生过病吗？”

“从来没有。”

“那好，你能解释这张单子是怎么一回事吗？”说着，福尔摩斯从包里拿出一张收费单据递给大夫。原来这是上个月高夫利付给阿姆斯昌大夫的一些医药费。是福尔摩斯从高夫利的资料中找到的。

此时，阿姆斯昌生气极了，说道："福尔摩斯先生，对于这件事，我不想作过多的解释。"

福尔摩斯重新把单据放回笔记本里。然后他说："好吧，你现在不想解释，有一天你会解释的，也许是当着众人的面。我刚才已经说了，别的警探可能会传出去，但是我绝对不会。我想你是个聪明人。如果你仔细考虑一下，你就应该把事情的经过告诉我。"

大夫气得大叫起来："我说过，我什么都不知道。"

"高夫利在伦敦给你写过信吗？"

"没有。"

福尔摩斯故意叹了一口气说："唉，现在邮局太不负责任了！昨天下午六点高夫利从伦敦发的紧急电报给你，但是你没收到，我得向有关部门反映一下，这邮局应该好好地整治一下。可真让人着急，我想那封电报肯定和他的失踪有联系。"

阿姆斯昌大夫猛地从桌子后面站起来，愤怒的脸由黑色变成了紫红色。

他火冒三丈地说："先生，请你出去，我不想再看见你。你可以转告你的当事人蒙特·詹姆士爵士，从此我和他本人及代理人毫无关系。"说完他使劲地摇铃。"约翰，送客。"这时，一个胖胖的仆人把我们"请"出了大门。走到街上，福尔摩斯却哈哈大笑起来。

他说："阿姆斯昌是个性格倔强的人，如果让他解决著名学者莫阿蒂大夫留下的问题，他一定能够出色地完成。华生，现在天这么晚了，而且这里又没有亲戚朋友。你知道，弄不清楚这件事我是不会离开的。现在就在这附近租间房子，然后再买些需用的东西，这些事你去办，我抓紧时间再调查一下。"

我在旅馆等他，直到九点多他才疲惫地回来。他精神不好，一看就知道没有进展。他饿坏了，把桌子上的凉饭全都吃光了。然后，他点了一支烟。正要开始他那心烦时的工作——谈些幽默而又富有哲学性的意见时，我们听到了窗外的马车车轮声。我们同时来到了窗前，只见昏暗的路灯下，一辆由两匹灰马拉着的马车停在了阿姆斯昌大夫家门口。

福尔摩斯说："这个马车是六点半出去的，三个小时后回来。三个小时可以走十或十二里路，每天出去一次或者两次。"

"这是很平常的大夫出诊嘛。"

"不错，但对于高傲的阿姆斯昌就不同了。他是大学的讲师和会诊医师，看病对他来说是比研究更难的题目，平常的小病他是不会看的，外出更不可能，况且又是这么远的地方，这之中一定有不可告人的秘密。"

"你可以去问一下那个马车夫。"

"亲爱的华生，我开始就是这么想的，也这么做了。但是使我想不到的是那人简直不可理喻，他不但不告诉我还放狗出来。看来和人关系闹僵，连狗也不喜欢我了。我只好向一个看起来非常和善的当地人打听到一些情况，是他把阿姆斯昌每天的情况告诉我的。"

"你没想到要跟踪马车去调查一下吗。"

"亲爱的华生，我正是这么做的，我见马车还没走远，急忙从旁边租了一辆自行车，拼命地蹬，终于跟上了马车并和他保持一定的距离。我跟着马车出了城，走在乡间的路上。但这时却发生了一件使我心里不舒服的事。那大夫的马车停下来，他下了车走到我面前，对我嘲笑说他看到路太窄，所以停下来让我的自行车先通过。没办法，我只好往前骑，但当我停下来再往回看的时候，马车已经不见了，我找了半天也没有找到。现在，你也看到了，是我先到了旅馆，他才回到家的。也许，这件事和高夫利的失踪并无关系。但是，我觉得凡是和阿姆斯昌有关的人和事，都值得注意，尤其是他那种态度，老使我感觉他是做贼心虚。"

"好，那我们明天继续跟踪。"

"我们两个？你想象得太简单了，现在我们对这里人生地不熟。我今晚走过的路都非常平直，连个可以隐藏的地方都没有，况且，我们的对手又那么狡猾。先发个电报给欧沃顿，问问他伦敦有什么情况吗。但我们还是要抓住阿姆斯昌这条线索。我敢发誓，他肯定知道高夫利的下落，如果他真的知道，我们一定要让他说出来。华生，你知道我办事从不半途而废。”

第二天，我们又失败了。后来，我们收到了一封信，福尔摩斯看完后，笑了起来，并随手递给了我。我看到：

> 先生：
>
> 我敢保证，你们跟踪我是你们在浪费时间。我可以告诉你，我的马车后面有个窗户，你在后面我看得一清二楚。但是，如果你坚持，我也没办法，不过我告诉你，你这样做，只会对高夫利有害。如果你真的想帮他，唯一要做的就是回伦敦，告诉老爵士，你找不到高夫利。否则，在剑桥你会一无所获的。
>
> 莱斯利·阿姆斯昌

福尔摩斯说：“阿姆斯昌这个人不容易对付，但越是这样，我越不愿放弃。”

我说：“亲爱的福尔摩斯，你看，他要上车了，他还向着咱们的窗户看了一眼呢，今天，让我去试着跟踪他，怎么样？”

“亲爱的华生，不能去，我知道你细心、机灵，但你绝不是他的对手。还是我去吧。不过，你如果感到闷，可以出去走走，逛一下这个城市。或许，晚上我能够把好消息带回来。”

但是，我的朋友并没有把好消息带回来，他带回来的只是疲劳和失望。

“华生，那个大夫又赢了，他可真够狡猾的。但幸运的是，我已经知道了他所去地方的大概位置。今天，我在那一带的村庄里转悠了半天，和那儿的人们聊了好长时间，可就是没有打听到那个四轮马车到底去了哪儿。唉，今天，有伦敦来的电报吗？”

“有，我先把它打开了，内容如下：‘向三一学院的吉瑞姆·狄克逊要庞倍。’但这到底是什么意思呢？”

“很简单，是咱们的朋友欧沃顿回答的，我向他提出了一个问题。他让我们向狄克逊先生要一个叫庞倍的东西。华生，有伦敦比赛的消息吗？”

“有，今天晚上报道了。三场有两场平局，有一场牛津赢了一分。报道的最后一段是这样写的：‘穿淡蓝色运动衣的球队失利的原因就是，世界上最优秀的、多次参加过国际比赛的高夫利·斯道顿没有参加比赛，从而影响了全队的发挥，前卫线实力不行，进攻防守也没有合作好。’”

福尔摩斯说：“正如欧沃顿说的那样。但是，对我来说，其实我和阿姆斯昌的看法一样，这样的比赛和我无关。华生，今天就到这儿吧，我们必须要好好睡一觉了。明天，还有很多事要做。”

第二天我起来后，看到福尔摩斯边烤火边用针管做皮下注射。我吃了一惊，他的体质太差了，竟然还在注射兴奋剂，我感到我以前的努力都白费了。我惊讶而生气。他看了看我，抱歉地笑了笑说：“亲爱的华生，我会没事的。在这需要挑战的时刻注射一点兴奋剂是不能称作吸毒的。好了，现在好好地饱餐一顿，待会儿，我就要上战场了。今天，我们一定要跟踪到底，不找到他的老巢我绝不罢休。”

吃完早饭，他下了楼，从马房里牵出一条黄白相间、又肥又矮的狗，向我介绍道：“这就是狄克逊的庞倍，它是这儿最出名的追踪犬，你别看他相貌丑陋，又矮又胖，但它跑得可不慢。”

福尔摩斯怕狗跑得快，拿了一条皮带拴在了它的脖子上。然后，我们走出了院子。

福尔摩斯牵着狗在阿姆斯昌的门口马车停的地方让狗闻了一下。过了一会儿，那狗大叫了一声奔向大街，然后，沿着大街向城外跑去，我们两个在后面跟着狗拼命地追，不一会儿，我们就飞奔在了乡间的路上。

我急喘着问：“福尔摩斯，这办法能行吗？”

“这是最实用的办法。我今天早上在大夫的马车轮子上洒了一些茴香油，这头追踪犬闻到这种味道，一定不会放过的，即使天涯海角，就是大夫再狡猾，也不可能甩掉这条追踪犬。”

我们正说着，那狗突然拐了弯，从大路上跑到了一条满是野草的小路上，大约过了半英里，才走到了一条宽阔的大路上，这条路就是那条通往城里的大路，大路通向城南，如果向北走就能走到我们出发的地方。

福尔摩斯说：“他这样做是故意迷惑我们的，在村里我说怎么打听不到他的四轮马车，原来他根本就没去过村里。阿姆斯昌费心设计的这个路程一定有什么不可告人的事情。快，后面他的马车来了，不能让他发现我们。”

福尔摩斯牵着那条不听使唤的狗急忙跳进了一扇篱笆门，我随着他们也跳了进去。就在我们刚藏好的时候，那马车就从草丛旁边的路上过去了。我看见马车里面的阿姆斯昌大夫双手抱着头，脸色很难看，精神也不太好。福尔摩斯同我一样也看出了大夫的沮丧。

他说：“可能要发生什么不幸的事了。不过，待会我们就知道了。走，庞倍，到我们目的地去。”

田野里的那间茅屋就是我们这几天费尽心思要调查的对象。庞倍围着茅屋乱转、乱叫。草丛中间有一条被四轮马车轧过的小路一直通向大路。福尔摩斯和我走进用篱笆围成的小院，把狗拴好，来到了小屋的门前。听到里面有低低的哭泣声。福尔摩斯敲了敲门，但好久没人答应。我们俩迟疑地看了一眼，突然发现后面有马车驶来，我一看，那正是阿姆斯昌大夫的马车。

福尔摩斯说道：“大夫又来了，这次我们一定在他进去之前把事情弄明白。”

说着，他推开门，我们来到屋里，里面低沉的哭泣声变得更清楚了。我们顺着声音来到楼上，然后推开了半敞的门，眼前一片凄凉的景象：

床上躺着一个年轻漂亮的少妇，脸色苍白安详，一双美丽的蓝眼睛直直地瞪视着，头发蓬乱但仍然美丽。可惜，她死了。床边跪着一个青年男子，他趴在床上，悲伤地哭着，他已完全陷入了痛苦之中，根本就没有觉察到我们的到来。福尔摩斯走到他身后，用手拍了拍他的肩膀，他才扭头看了看我们。

“你是不是高夫利·斯道顿先生？”

“没错，但是你已经来晚了。她已经死了。”

说完，这个悲伤的青年大哭起来。他太悲痛了，所以把我们当做了那个看病的大夫。福尔摩斯正要说话，这时，楼梯上传来了阿姆斯昌大夫的脚步声，他推开门，我们看到了他那张气愤、悲伤的面孔。

他严厉地说：“先生们，你们得逞了。可是我们就不同了，我们悲伤、痛苦，你们满意、快乐，是吧？可是你们卑劣的行为却让人难以饶恕。”

福尔摩斯态度也非常严厉，他说：“阿姆斯昌大夫，对不起，我想你并不了解我们。你能不能先下楼来谈一谈。”

阿姆斯昌大夫犹豫了一下，还是和我们一起来到了楼下。

他说：“有什么话就直说吧。”

“尊敬的莱斯利·阿姆斯昌大夫，我首先明确地告诉你，我并不是蒙特·詹姆士爵士的代理人，也不会做他的代理人。我是一个侦探，寻找失踪的人是我的任务。但这件事不存在犯罪问题，所以对我来说已没有多少意义。事情既然到了这种地步，我也无话可说，你放心，我绝对不会张扬的。”

此时，阿姆斯昌突然走到我们面前，紧紧地握住福尔摩斯的手。

他说：“对不起，先生。我还以为你是蒙特·詹姆士爵士派来的呢，是我错怪了好人。既然这样，我也不必再隐瞒了。事情是这样的：一年前，高夫利曾在伦敦住了一段时间。这期间，他深深地爱上了房东那善良漂亮的女儿，并与她结了婚，他们幸福美满。但是，你知道那个古怪的老头——蒙特·詹姆士爵士。如果高夫利的事情让他知道。他肯定不会再把遗产给高夫利的。

我了解高夫利也很喜欢她，所以我尽心尽力地帮助他，并为他守口如瓶，不让外人知道。所以就帮高夫利在这儿找了一间茅屋，现在这事除了我和我的那个忠实的仆人知道，别人都不知道。但是，好人总是多磨难。高夫利的妻子得了不治之症。高夫利的心里痛苦极了，他还要参加比赛，我为了不让他分心，所以发了一封电报安慰他，但我并没有告诉他真实的病情。他也回了一封电报让我尽力帮他。但她的父亲却把真实情况告诉了他，所以，他知道了病情不顾一切地从伦敦赶了回来，一直跪在妻子的床前。直到今天，他的妻子死了。福尔摩斯先生，这就是整个事情的经过。先生们，我相信你们都是好人！”福尔摩斯听完，也紧紧地用手握住了大夫的手。

我和福尔摩斯走出那间令人窒息的小屋，心情久久不能平静，过了好一会儿，我的朋友才淡淡地说：“华生，我们走吧！”

格兰其庄园

一八九七年冬末，那是一个有霜的清晨，天刚刚亮的时候，我感到胳膊被谁在推着，我睁开双眼，才看见是福尔摩斯。他将一截蜡烛握在手中，脸上充满了焦急的表情，他弯下腰对我喊道：“快，华生，快点儿！事情非常紧急。别问什么事，穿好衣服马上走！”

十分钟之后，我们坐上了马车。在静悄悄的大街上，马车飞快地向查林十字街火车站直奔而去。天空已出现了鱼肚白，伦敦在乳白色的晨雾笼罩之中，不时能隐隐约约地看见上早班的工人，福尔摩斯用厚厚的大衣把自己严严地裹住，一句话也不说，我也如此。因为天气确实太冷，况且我们还未吃早饭。

我们在火车站上喝了杯热茶，进入车厢找到座位坐下之后，此时才觉得身上不太冷了。这是开往肯特郡的列车，旅途中福尔摩斯不断地说着，我仅能认真地听。他把一封信从衣袋中取了出来，大声念道：

肯特，玛尔舍姆，格兰其庄园

下午三点三十分

亲爱的福尔摩斯先生：

我这有一桩非常特别的案子，我希望你能够马上协助我处理掉。因为你擅长侦破此类案件。目前只是把那位夫人放开了，现场其他所有的东西都没有动过。我恳请你立刻赶来，因为把优斯塔斯爵士一个人留下是非常不好的。

你诚实的朋友　斯坦莱·霍普金

福尔摩斯说："霍普金总共有七次找我去现场，每回的确是特别需要我的协助。我想他的案件你肯定全都记到你的记录本中了。不过我相信你特别会选材，这使你叙述方面的缺陷得到了弥补。可是你看待所有问题的出发点都是从写故事的角度考虑，却不从科学的破案方面去写，由此一来，这些具有代表性案例的示范性就没能体现出来。侦破的技巧与细节都被你一笔带过了，而将那些扣人心弦的故事情节进行详细的描述，你此种写法，仅能激起读者一时的兴趣，而没能使读者受到一点点启发与教育。"

我有些不愉快，说道："那么你为何不自己去写呢？"

"亲爱的华生，我确实要写的，你清楚现在我没有空，不过我想，到我的晚年会出版一本教科书，写入所有的侦探艺术与技巧。现在，我们要侦查的似乎是一桩谋杀案。"

"这么说，你觉得优斯塔斯爵士已经被害了？"

"我觉得是如此。霍普金的信表明他的心情特别激动，但是他并不是一个容易动感情的人。我觉得肯定是有人死了，等我们去验尸。假如是自杀，他没必要找我们的。信中提到过夫人被放开，似乎是惨案发生的时候，把她锁到她的房间里去了。华生，这是发生在上流社会中的案子，你瞧信纸的质量非常好，上边有家徽的图案，是用E、B两个字母组成的，案子的发生地是一个非常优美的地方。霍普金从不轻易给人写信，是昨天晚上十二点之前发生的凶杀案，所以今天上午肯定特别忙。”

“你是如何知道的呢？”

“将火车往返以及处理事情的时间算一算就非常清楚了。凶案发生之后先要找当地的警察，警察还要到伦敦警察厅去报告，霍普金还要到现场去，然后写信给我，这最少也需一个晚上的时间，太好了，已经到了齐赛尔贺斯特火车站，我们不清楚的问题立即就会清楚。”

我们风风火火地在狭窄的乡村小路上走了两英里路之后，到了一座庭园的大门前边。一位守门的老人迎接我们，帮我们把大门打开，这里的确发生了惨案，从他憔悴的脸上可以看出来。一走入华丽壮观的庭园，就看见形成一条林荫道的两排老榆树，路的尽头是一座不高但宽敞的房子，有帕拉弟奥式的柱子在正面。房子显得特别古老陈旧，在它的中间部分有茂密的常春藤覆盖着。不过从高大的窗子能够发现，这座房屋经过改造，而且有一面全都是新建的。年轻机敏的霍普金正站在过道中等待我们的到来。

“福尔摩斯先生，华生医生，你们的及时赶到让我非常高兴。如果事情不急，我是不会这样贸然求援的。夫人现在已清醒过来，所有的事情她都说得十分明白了。因此我们也没有太多的事要去做。路易珊姆那帮流氓你还记得吗？”

“什么？不就是那三个姓阮达尔的家伙吗？”

“没错，爸爸与两个孩子。这起案件肯定是他们所为。两个礼拜以前他们在西顿汉姆做过案，别人看见后，向我们报了案。这么短的时间，他们再次行凶，太无人道，绝对是他们所为。一定要将他们绞死！”

“这么说优斯塔斯爵士已经死了？”

“没错，铁棍打破了他的头部。”

“在途中车夫对我说，爵士名叫优斯塔斯·布莱肯斯特尔。”

“是的。肯特郡的首号富翁便是他。此刻夫人在洗手间里，太不幸了，如此恐怖的事情被她碰到，我最初见到她时，她完全是一个快要死的人。最好你先去见见她，让她给你讲一下。然后我们再一块到餐厅去瞧瞧。”布莱肯斯特尔夫人是个非常不平凡的女人，她仪态优美、风度高雅、面容漂亮，像这样的女人我见得并不多。她皮肤白皙、头发金黄、眼睛是深蓝色的，配上她那端庄的容颜，真称得上是倾国倾城。但是这件倒霉的事情让她苍老、憔悴了许多。她的一只眼睛是红肿的，由此可见，精神和肉体上的痛苦一起折磨着她。她的女佣是一个神情严峻身材高高的女人，正在夫人的眼睛上用稀释了的醋不断地擦拭着。夫人在睡椅上躺着，显得非常疲惫。我刚刚进屋的时候就看出来了，她那敏锐且极富洞察力的目光和脸上机警的表情显示出这件惨案并没有把她的智慧和勇气压倒。她穿的晨服是蓝白相间的，非常宽大，一件镶有白色金属片的黑色餐服放在她的身边。

她厌烦地说道：“霍普金先生，我将所发生的一切事情都告诉你了。你可不可以代我重说一次呢？但是，假如你觉得有必要的话，我可以再说一次。他们到餐厅去过了吗？”

“我觉得还是请夫人再讲给我们听听为好。”

“既然这样，我就再说一次吧，我一想起餐厅中的尸体就觉得十分可怕。”她不停地发抖，双手捂住脸，这时她宽大的晨服袖子滑了下来，她的前臂露了出来。福尔摩斯吃惊地叫道：“夫人，你许多地方都受了伤！到底是怎么回事？”我发现有两块红肿的伤痕在夫人那洁白的、圆滑的前臂上边。她马上用衣服将它掩住。说道：“没事。这与昨晚的惨案无关。你与你的朋友都请坐吧，我会告诉你们一切的。”

“我是优斯塔斯·布莱肯斯特尔的太太。我们已经结婚一年了。但这是一场不幸的婚姻，我想这一点无须掩饰。就算我不说，你也会从我的邻居那知道。关于婚后我们俩的关系，或许我也该负一些责任。我是在澳大利亚长大的，而且生活环境非常自由，也不守旧，但这里的英国式生活太拘谨，讲究礼节，让我感到压抑。但主要的原因是由于另外一件别人都知道的事情引起的，那便是：布莱肯斯特尔爵士经常酗酒滋事。和这种人一起生活，哪怕是一个钟头，也会让人觉得心烦。他将一个活泼好动的女人一天到晚地拴在身旁，你可以想象一下那是多么残忍的事吗？如果谁认为不应该结束这场不幸的婚姻那么就是对神的亵渎，是对道德败坏的纵容。你们荒谬的法律只会给国家带来一场灾难，上帝会阻止一切不道德的行为。”她将身体从睡椅上坐直，面颊通红，有愤怒的光芒从她青肿的眼中放射出来。那位神情严肃的女佣有力且又温和地把夫人的头扶到了靠垫上，她愤怒激昂的语调慢慢地变成了激动的低泣。歇了一会儿她又接着说道：

“昨天晚上，所有的佣人们如以前一样到这幢屋子新建的那边睡觉去了。这幢屋子的中心部分包括起居室、后边的厨房和我们楼上的卧室。我的女佣娄瑞沙在我们卧室上边的阁楼中住。这个中心部分没住其他的人，住在新建的那边的佣人们不会被任何声音给吵醒的。强盗们肯定非常了解这些情况，不然的话他们一定不会如此胆大妄为。”

“大约在十点三十，优斯塔斯爵士休息了。当时所有的佣人都已回到了他们自己的房间中。只剩我的女佣还未休息，她待在阁楼上自己的屋子中等待吩咐。我在休息之前，一定要亲自到四处瞧瞧，是否一切都收拾好了，这早成了我的习惯。因为优斯塔斯非常大意。我常常先去厨房、食品室、猎枪室、弹子房、客厅，最后去餐厅，我走到餐厅的窗户前，还有厚窗帘挂在窗户上边，突然我感到有一阵风吹到了我的脸上，这才发现窗户没关。我将窗帘向旁边一拉，一个宽肩膀的中年人正站在眼前，他似乎才到屋中来。餐厅的窗户是法国式的，又高又大，可以当做通向草坪的门。当时我手里拿着我的卧室中的蜡烛台，在蜡烛昏黄的光下，我发现这个人身后，还有两个人正准备往里爬。我非常害怕，就退后了一步，这个人马上朝我扑过来。他先将我的手腕抓住，接着又将我的脖子死死地掐住。我正准备喊人，他便在我的眼睛上用力地打了一拳，将我打倒在地。我肯定是昏倒了一段时间，因为当我清醒过来的时候，发现他们早已弄断了叫仆人的铃绳，将我紧紧地绑在餐桌一端的一把橡木椅子上。我被捆得特别紧，丝毫不能动弹，嘴被手绢堵住了，不能喊人。就在此时，我不幸的丈夫到餐厅来了。很明显有一些奇怪的声音传到了他的耳中，因此他是有备而来。他身穿睡衣和睡裤，手中握着他喜欢用的黑刺李木棍。他向强盗扑去，但是那个年长的男人早就弯着身子拿起了炉栅上的通条，在爵士靠近时，他用力地朝爵士头部打去。爵士仅哼了一下便倒在地上了，再也没有动一下。我再次昏了过去，我昏迷的时间大约仍是几分钟。我苏醒时看到，他们从餐具柜中拿刀叉，还拿出了一瓶酒，每人手里拿着一个玻璃杯。我曾说过，其中一个强盗留有胡子，年纪较大，另外的两个是还没有成年的小孩。他们也许是一家人——父亲领着两个孩子。他们在一块小声嘀咕了一会儿，后来走近我瞧瞧捆我的绳子紧不紧。然后，他们离开了，而且将窗户顺手关上了。足足十五分钟之后，我才把手绢从我的口中弄出来，这时我才叫来女佣将我松开。另外的佣人们也都听见了，我们立刻报警，警察又马上与伦敦联系。先生们，这些就是我所知道的一切，但愿以后不会让我再次说起这段悲惨的经历。”

霍普金问：“福尔摩斯先生，有什么要问的吗？”

福尔摩斯说：“我不愿再让布莱肯斯特尔夫人觉得心烦，也不愿占用她太多的时间。”接着他对女佣说：“在我到餐厅去之前，希望你能说说你见到的情况。”

她说：“这三个人还未到屋子里来的时候，我便早已发现了他们。当时，我正在我卧室的窗户旁边坐着。借着月光，我发现有三个人在大门旁边。可是当时我并未太在意，一个多钟头之后，传来了女主人的呼喊声，我才跑下楼去，发现了我可怜的女主人。正如她自己说的那样，爵士躺在地板上边，满屋子溅着他的血和脑浆。我想她吓昏了过去就因为这些事，她被缚在那里，衣服上沾了很多血点。如果不是这位澳大利亚阿得雷德港的玛丽·弗莱泽女士，也就是这位格兰其庄园的女主人布莱肯斯特尔夫人的性格坚强，那她肯定已没有了生活下去的信心。先生们，你们盘问她的时间也太长了，她现在应该回到她的房间中去，好好地睡一觉。”

这个瘦弱的女佣如母亲一样温和地把她的手扶在女主人的肩上，将她搀扶走了。

霍普金说：“她俩在一起都几十年了。是她从小将这位夫人照料大的，一年前夫人离开澳大利亚，她也与夫人一起到英国来了。她的姓名是娄瑞沙·瑞特，现在已经找不到这样忠实的女佣了。福尔摩斯先生，请从这边走。”

在福尔摩斯的脸上，起初那种浓厚的兴趣已经没有了，我清楚这是因为案情太简单，使它失去了吸引力。由此看来，余下的事仅是抓凶手，但是抓一个普通的凶手干吗叫他来呢？此时我的伙伴眼中显露出了烦恼，正如请一个知识渊博的专家去看病，但看见病人仅是普通的小病时所出现的那种心烦。但是格兰其庄园餐厅的景象确实奇异，绝对能引起福尔摩斯的注意，而且可以把他刚刚消失的兴致再次地激起来。

这间餐厅非常宽敞高大，橡木做的天花板上雕刻了许多的花纹，四周的墙壁上绘制着一排排鹿头和古代武器，有橡木嵌板在墙壁的下端。高大的法国式窗户就在门的对面，在右边有三扇小窗户，阳光可以由这儿照进来，在左边有一个特别大、特别深的壁炉，上边的壁炉架又大又厚。壁炉旁边有一把橡木椅子，看上去显得特别沉重，两侧有扶手，下边有横木，有一根紫红色的绳子系在椅子的花棱上，绳子从椅子的两侧穿过与下边的横木相连。在给夫人松绑时，解开了绳子，可是绳子上的结并未解开。我们后来才注意到这些细节。因为我们所有的注意力都集中在壁炉前躺在虎皮地毯上的尸体上。被害人身体健壮，身材高大，年龄大约四十岁左右。他在地上仰面躺着，呲着的白牙和他又短又黑的胡须形成了鲜明的对比。他双手放在头前边，并紧紧地握在一起，他的双手上横放着一根短粗的黑刺李木棍。他的面孔黑黑的，鼻子似鹰钩，原本长相挺俊美的，但是现在面孔已扭曲，狰狞可怕。很明显听到响声时他在床上，因为他身着绣花睡衣，而且特别华丽，一双没穿鞋的脚露在裤腿外边。他的头部伤得非常厉害，鲜血溅得满屋子都是，可以看出要了他命的那一击是多么的残忍。那根特别粗的通条就在他的身边，由于猛烈的打击使它变成了弯曲的。福尔摩斯将通条和尸首查看了一番。后来他又说："这位年长的阮达尔，肯定是一个力气十分大的人。"

霍普金说："正是如此。我这里有关于他的部分资料，他是一个十分粗鲁的人。"

"我们如果去抓他容易吗？"福尔摩斯问。

"没有丝毫的困难。一直以来我们都在调查他的去向，有人说他以前去了美国。既然我们清楚这些人还未离开英国，我相信他们绝对跑不了。这件事已经告知了每个港口，我们在傍晚之前通缉捕获他们。但是让我搞不明白的是，他们既然明知夫人可以说出他们的长相，而且我们也可以认出他们，他们为何还去做这样的傻事呢？"

"人们会这样想：这些强盗一定会将布莱肯斯特尔夫人杀死灭口。"

我提醒他说："或许他们没有想到夫人昏倒一会儿又醒了过来。"

"这种可能性确实挺大的。假如当时他们认为她完全昏死过去了，这样他们或许会放过她。霍普金，有关于这个爵士的传闻吗？我似乎听说过关于他的一些怪事。"

"他没醉时心地善良，可是当他醉了就成了一个纯粹的恶棍。他一醉就如中了邪，任何事都可以做出来。虽然他有钱有地位，但是据我了解，他很少参加社交活动。听说他将狗泡在煤油中，然后用火烧，并且那是夫人的狗，费了许多周折之后才把狗风波给平息下来。还有一回他用水瓶去砸女佣娄瑞沙·瑞特，这也引起了一场风波。总之，这个人死了才好。你在瞧什么？”

福尔摩斯在地上蹲着，聚精会神地查看着绑过夫人的那根红绳子上的结和强盗弄断的那个绳头。

他说：“拉一下这绳子，厨房中的铃声应该是非常响的吧。”

“这你说错了，没有谁听得见。因为厨房在这幢房子后面。”

“为何强盗会如此清楚这个情况呢？他为何敢大胆地拉这根铃绳呢？”

“福尔摩斯先生，你这个问题问得很好。关于这个，我也想过许多次。强盗肯定对这栋房子特别熟悉，清楚这儿的习惯。他绝对清楚佣人们休息特别早，清楚厨房中的铃声佣人们不可能听到。因此他一定与哪个佣人有勾结。这是非常明显的。但是那八个佣人都是品德优良的。”

福尔摩斯说：“假如每个佣人的情况都大致相同，那就该对主人向她头上砸水瓶的那位产生怀疑。不过如此一来，就会对女佣忠实侍候的女主人也一起怀疑。但是这一点并不重要。你将阮达尔抓到之后搞清同谋或许十分容易。我们需要验证夫人所说的情况，我们能从现场的实物中去验证。”他走到窗户前边，将那扇法国式的窗户推开，瞧了瞧后说道：“窗户下边的地面特别硬，这里不可能有何痕迹留下。壁炉架上的蜡烛确实燃过。”

“没错，他们是借着这些蜡烛的亮光离开的。”

“他们将什么东西拿走了？”

“并未拿什么东西，仅将六个盘子从餐具柜中拿走了。布莱肯斯特尔夫人认为优斯塔斯爵士的死让强盗们不知所措，因此顾不上抢劫。否则的话，他们肯定会将这栋房子劫掠一空。”

“此种说法非常在理，听说他们喝了一点儿酒。”

“那肯定是为了壮胆。”

“就是这样。餐具柜上的三个玻璃杯还未动过吧？”

“还未动，还照老样子放着。”

“我们瞧瞧。喂，这是什么？”

三只杯子并排一块，每只杯子都盛过酒。有一只杯子中还剩有一点葡萄酒的渣滓。酒瓶和酒杯在一块，瓶中还有大半瓶酒，有一个长长的挺脏的软木塞在旁边。瓶塞的样子和瓶上的灰尘表明凶手喝的酒不是普通的酒。

福尔摩斯猛然间改变了他的态度，他的神情不再是那般冷漠，我又发现他炯炯有神的两眼中放射出兴奋的光芒。他将软木塞拿起，仔细地查看着。

他问：“他们如何将这瓶塞拔出的？”

霍普金将半开的抽屉指了指。有几条餐巾和许多的拔塞钻放在抽屉中。

“布莱肯斯特尔夫人并未提起过用拔塞钻的事？”

“没提到过，或许是这些强盗开酒瓶时，她正昏倒在地。”

“事实上他们并未用拔塞钻，或许用的是小刀上带的螺旋，而且这个螺旋没有一英寸半长。细心地看看软木塞的上端就清楚了。螺旋插入了三次之后才将软木塞拔出来。实际上用拔塞钻将瓶塞卡住，不费力便可以拔出来。你将这个人抓到时，就会知道他身上有一把多用小刀。”

“说得太好了！”霍普金说。

“但是这些玻璃杯能说明什么呢，我不明白。布莱肯斯特尔夫人的确亲眼见到这三个人喝酒，对吗？”

“没错，这一点她记得非常准确。”

“算了，这个事情就说到此吧。还有什么要说的吗？但是，霍普金，你要相信，这三个玻璃杯特别不一般。什么？你没发现什么不一般的地方？这样，就不说它了。或许一个人有某些专业的知识和能力，就不想利用现有简洁的解释，从而去寻找更加复杂的答案。可是，或许玻璃杯的事纯属巧合。行，霍普金，再会吧！看来我不能帮你的忙了，对你而言，似乎案子已经非常明白了。捕获阮达尔或者有什么新的事情，请你告诉我。我相信你马上就可以顺利地了结这件案子。华生，我们走，我觉得我们回家后能更好地做些事情。”

回家的途中，我发现福尔摩斯脸上的表情特别复杂。一会儿他竭力驱散困乏，开朗地说笑；一会儿又愁容满面，紧锁双眉，目光恍惚；由此可见，他又在回想格兰其庄园富丽的餐厅。就在我们的火车从一个郊区的小站慢慢地滑过时，他却莫名其妙地跳到站台上去了，并且顺手将我也拉下火车。转弯之后，已经看不见火车，他说：“好伙伴，很抱歉，使你感到惊讶了，因为有一个想法忽然在我心中产生了，华生，无论如何，这起案件我非管不可。我这样做是纯粹受我本能的控制。事情搞反了，全反了，我敢保证是搞反了。但是夫人讲的情况找不出破绽，女佣的证词又非常清楚，甚至细节也非常正确。哪些是我怀疑的呢？三个酒杯，就是那三个酒杯。假如我不把事情当做理所当然的，不被那些编造的谎言把我的思维搅乱，假如现在我再去查看那些东西，是否会得到更多的收获呢？我相信绝对会的。华生，我们先在这条凳子上坐一会儿，等去齐塞尔贺斯特的火车吧。现在我对你讲我的证据，但是你必须先将这种想法从心中排除掉，就是相信女佣和女主人所讲的一切都曾经发生过。千万不可以让这位夫人惹人喜欢的性格影响你的判断力。”

“我们假如冷静地想一想，夫人说的话中有些细节是能引起我们怀疑的。两个礼拜之前那伙强盗们已经在西顿汉姆搞得鸡犬不宁。他们的行为和相貌早已登在了报纸上，因此谁若要编造一个有盗贼的事件，毫无疑问的就会想到他们。实际上，已经搞到了许多财物的强盗常常都会轻轻松松地享乐一番，绝对不可能再轻易去冒任何风险。此外，强盗们通常不可能那么早去打劫，也不可能用打昏一个女人的方式来阻止她叫喊，实际上，打她，只会使她喊叫得更厉害。还有，假如强盗的人多，对付一个人绰绰有余时，他们不可能去杀人。另外，他们通常都特别贪婪，可以拿走的东西，全会拿走，不可能只拿一点点。最后一个疑点，强盗们通常喝酒是一点也不剩，不可能留下大半瓶酒不喝。华生，有如此多异常的事。你有什么想法呢？”

“这些情况合到一块，当然非常可疑，但是就其每件事的本身而言又是有可能的。我觉得最不可理解的是为何将夫人捆在椅子上。”

“我也没有完全搞明白这一点。华生，合理的解释应该是他们要么杀死她，要么将她藏到一个看不见他们逃走的地方。可是，无论怎样讲，这位夫人所说的话中有虚假的成分。另外，还有酒杯的问题。”

“酒杯又有什么问题呢？”

“你认为可能是有三个人用杯子喝酒吗？”

“怎么不可能？三个杯子都有酒沾在上边。”

“没错，但是仅有一个杯子中有渣滓。这一点你是否注意到了？你是如何看的呢？”

“倒酒的时候，最后一杯有渣滓是非常可能的。”

“错了。酒瓶中是一满瓶酒，因此不可能前两杯非常清，后一杯非常浊。解释有两种，一种是：第二个杯子倒满之后，将酒瓶用力地摇动之后，再倒第三杯，所以有渣滓。可是似乎这种可能性不大。没错，绝对是不可能如此的。”

“那么另一种可能呢？”

“只有两个杯子用过，然后将两个杯子中的渣滓都倒在第三个杯子中，因此造成了假象，似乎那儿还有第三个人在喝酒。这样，一切的渣滓不就全在第三个杯子中了吗？没错，我觉得肯定是这样的。假如对于这个细小的情节我恰好做出了与事实相符合的解释，这样的话就说明夫人和她的女佣都在有意对我们说谎，我们应该不相信她们所说的每一个字，所以，这起案子马上成为了一起非常复杂的案子。她们对凶手的掩护绝对有充分的理由，所以我们不可以对她们有什么依赖，这就需要我们自己想办法去搞清楚当时的情况。目前，我就是这样想的。华生，开往齐塞尔贺斯特的火车来了。”

对于我们的返回，格兰其庄园的人们觉得十分惊诧。斯坦莱·霍普金已到总部汇报去了，因此福尔摩斯走入餐厅，将门从里边闩上，专心致志地查看了两个钟头。他由逻辑推理所得出的结论，终于从这之中找出了可靠的证据。他在一个角落里坐着专心地观察着。我紧随着他，也进行着仔细地观察。窗户、窗帘、地毯、椅子、绳子，一个一个地细心的查看，认真地思索。爵士的尸体已经搬走了，其他的东西还是我们早晨看到的那样。最让我意想不到的是，福尔摩斯居然爬到牢固的壁炉架子上去。那根铁丝上边仍有那根断得只剩下几英寸的红色绳头，在他的头顶高高地悬着。他仰着头向绳头瞧了好长一段时间。为了和绳头更近一些，他将一条腿跪在墙上的一个木托座上边。这样他与那根断了的绳子仅有几英寸的距离，但是引起他注意的却是托座本身，而不是绳子。过了一会儿，他心满意足地跳下来。

他说："华生，好啦，这起案子我们处理完了，这是我们遇到的最不寻常的一起案子。唉，我真笨啊，差点犯了一个特别严重的错误！目前，除了几个细节没有搞得十分明白之外，其余的事实过程都已搞清楚了。"

"你知道凶手是谁了？"

"华生老兄，凶手只有一个。不过是一个十分难以对付的人。他如一头狮子般强壮，他轻轻一下就可以将通条折弯。他有六英尺三英寸高，如松鼠一般灵活，他的手特别灵巧，另外有一个特别聪明的脑袋，因为他是这整个巧妙故事的编造者，我们碰到的是这个特殊人物别出心裁的杰作。但是却有破绽留在了铃绳上边，原本铃绳不可能露出破绽的。"

"我仍有些不明白。"

"华生，假设你想拉断铃绳，你觉得绳子应该从什么地方断呢？应该是在与铁丝相接的地方，为何这根绳子断的地方离铁丝有三英寸远呢？"

"由于那儿磨损了！"

"没错。我们可以检查的这一端是磨损了的。这个人特别狡猾，故意用刀子将绳子的一端磨损。但是另一端却并未磨损。从这儿你看不见，可是从壁炉架上瞧去，那一端切得特别齐，没有丝毫磨损的痕迹。你应该明白这是怎么回事。此人想得到一根绳子，但是担心铃一响就会发出警报，因此他不能将绳子拉断。他该怎么办呢？他爬上壁炉架，仍然抓不到，因此又将一条腿跪在托座上，因为托座上的灰尘留下了痕迹。他取出他的小刀将绳子切断了。我至少还差三英寸才可以够着那个地方，所以我推测我比他矮三英寸。你瞧橡木椅子座上的是什么痕迹？”

“血迹。”

“的确是血。此点足以证明夫人说的都是谎言。强盗作案时，如果她是坐在椅子上，那么这血迹又该作如何解释呢？她坐到椅子上边肯定是在她丈夫死了以后。我敢说，也有同样的血迹在那件黑色的衣服上。华生，我们并未失败，而是获胜了——是从失败起步，用胜利结局。我要与保姆娄瑞沙说几句话。为了了解我所想要的情况，我们交谈时绝对要特别小心。”

澳大利亚籍女佣娄瑞沙非常引人注意，她很少说话，生性多疑，并且毫不懂礼。福尔摩斯用非常友好的态度对待她，聆听她的叙述时非常温和，一会儿以后，她终于信任他了。她坦白了她对已经死去了的男主人的憎恨。

“没错，先生，他把水瓶对着我扔过来。有一回我听到他骂夫人，我对他说如果夫人的兄弟在这里的话，他便不敢骂了。因此他抓起水瓶就对着我扔了过来。如果不是夫人阻止他，或许他会接着扔上十几回。他经常虐待夫人，但夫人为了顾及脸面而不和他争吵。而且夫人从不告诉我她受到怎样的虐待。今天早晨你见到夫人手臂上有伤痕，夫人不愿告诉我这些，但我清楚那是用别针扎的。这个该死的恶棍！虽然他已经死了，但我还是如此地咒骂他，请上帝饶恕我吧！当初我见到他时，他显得特别和蔼可亲，不过那已是一年多以前的事，可我们俩觉得像过了十几年一样。那时夫人刚来伦敦不久。在此之前她从未出过门，那是她第一次离家旅行。夫人被爵士的封号、金钱和虚伪的伦敦气派打动了芳心。夫人没有走对路，遭到了噩运，真的难为她了。来伦敦后的第二个月，我们就与他相识了。我们来时是六月份，那么与他相识就是七月份。去年一月份他们举行了婚礼。噢，她又下楼到起居室来了，她一定会看见你的，不过你绝对不可以提太多的问题，因为所有的这些使她够伤心的了。”

女佣和我们一块到起居室中去了。布莱肯斯特尔夫人还是躺在那把睡椅上边，精神比刚才好了一些。女佣又开始帮夫人将青肿的眼睛进行热敷。

夫人说：“我希望你不再询问我。”

福尔摩斯非常温和地说：“不会的。布莱肯斯特尔夫人，我不会无端给你增添痛苦，我希望你能安静下来，因为我清楚你遭受的痛苦已够多的了。假如你可以把我作为你的朋友一样信任，我对你的诚意将会由事实中得到证实。”

“怎样表示我对你的信任？”

“把真实的情况告诉我。”

“福尔摩斯先生！”

“布莱肯斯特尔夫人，隐瞒是不起任何作用的。我的名气你或许听说过吧。我用我的人格保证，你所说的全都是虚构的。”

布莱肯斯特尔夫人和女佣同时盯着福尔摩斯，夫人脸色惨白，畏惧的目光从她双眼中流露出来。

娄瑞沙怒吼着：“你是个可恶的家伙！你敢说夫人说的是谎话？”

福尔摩斯从椅子上站起来了。

“你没有别的要告诉我吗？”

“该说的我都说了。”

“布莱肯斯特尔夫人，好好想想。坦白一些会更好。”

过了一会儿，夫人漂亮的面孔上露出了左右为难的神情，随后又是一种坚决的神情，最终，她再次陷入了一种茫然不知所措的神态。她幽幽地说：“我看到的全告诉你们了。”

福尔摩斯将他的帽子拿起，耸了耸肩说：“很抱歉。”我们没再多说什么，就离开了这间起居室，走出了这栋房子。有个水池在庭院中，我的伙伴朝水池走去。水池几乎全封冻了，可是为了养活一只天鹅，在水面上打了一个洞。福尔摩斯朝水池看了一眼，就向前边的大门走去。他在门房中快速地给霍普金写了一封短信，并让看门人送走了。

他说："事情或许会成功，也或许会失败。不过为了证明我们这趟没有白来，我们绝对要帮霍普金做点什么。我们要做什么现在我还不能告诉他。现在我认为我们应该到阿得雷德——南安普敦航线的海运公司办公室去，这个公司大约在波尔莫尔街的尽头。还有另外一条航线是从英国通向南澳大利亚的，但是，我们还是先到这家较大的公司去一下。"

公司经理接到福尔摩斯的名片之后，马上接见了我们，福尔摩斯所需要的情况立即就得到了。一八九五年六月去英国港口的航船只有一条。这条船名叫"直布罗陀磐石"号，是这家公司的船只中最大最好的。将旅客的名单查阅之后，阿得雷德的弗莱泽女士和她女佣的名字都找到了。这只船现在正准备开往南澳大利亚，在苏伊士运河以南的某个地方，它现在的样子基本和一八九五年时差不多，唯有一个变化——被任命为新造的"巴斯磐号"号船的船长是大副杰克·克洛克，两天之后这只船将从南安普敦起航。船长住在西顿汉姆，或许待会他就会来公司接受任务，假如我们想等就能见到他。

福尔摩斯先生并非愿意见他本人，不过想对他以前的表现和品行做一些了解。

经理认为他的工作表现是无可挑剔的。他比船上的任何一个船员都干得出色。关于为人方面，他也是可信赖的。可是下船之后，却是一个粗鲁、妄为的家伙，脾气暴躁，极易激动，但是他实在、热忱、心肠好。福尔摩斯将主要的情况作了了解之后，我们就从阿得雷德——南安普敦海运公司离开了，坐马车来到了伦敦警察厅。但是他并未进去，而是坐在马车中，眉头紧锁思索着什么。过了一阵儿，他让马车夫把马车赶到查林十字街的电报局，发了一份电报，然后我们就回到了贝克街。

我们进屋之后，他说：“华生，我们不可以这样做。一发出传票就没有办法挽救他了。以前有一两回，我深切地感到，因为我查出凶手而造成的害处要比凶案事件本身所造成的害处大许多。现在我已明白需要谨慎行事，最好我把英国的法律哄骗一下，而不去把我的良心哄骗。我必须先将情况了解之后，才能采取行动。”

霍普金来时已接近傍晚了。他的事情进行得不很顺利。

“福尔摩斯先生，我觉得你称得上是个魔术师。有时候我感到你有神仙一般的能力。你如何知晓丢失的银器在水池下边呢？”

“我并不清楚。”

“可是你叫我查看水池。”

“你将那些银器找到了？”

“都找到了。”

“我非常高兴帮助你。”

“但是，你并未帮助我。你让事情更加难办了。盗走银器又扔在旁边的水池中，这是何种强盗呢？”

“当然这种做法是相当奇怪的。我仅仅想到：不为银器却偷了银器的人，他偷的目的就是为了制造骗局，肯定急着扔掉银器。”

“为何你会有这样的想法产生呢？”

“我只是觉得有这样的可能性而已。强盗们从窗户那儿逃出之后，见到前边有一水池，水池的冰面上还有一个洞，这不是藏东西的最佳场所吗？”

斯坦莱·霍普金大声说：“哦，藏东西的最佳场所！没错，没错，我清楚一切了！当时天还未黑，街上有行人，他们拿着银器担心被别人发现，因此他们将银器沉入水池中，打算无人时再回来取走。这个解释非常合理，福尔摩斯先生。”

“没错，你的解释太好了。不可否认，我的想法毫无边际，可是，你绝对相信他们不可能再找到这些银器。”

“没错，先生，没错。但是这全是你的功劳。不过我受的挫折却相当大。”

“挫折？”

“没错，福尔摩斯先生。今天上午阮达尔那帮强盗在纽约被捕。”

“哎呀，霍普金！这当然与你说的昨天晚上他们在肯特郡行凶有矛盾了。”

“正是如此，绝对不相符合。但是，除了阮达尔这伙人，还有另外三个一伙的强盗，有可能是新强盗，警察还没有听说过。”

“是的，有这种可能性。你打算如何做？”

“福尔摩斯先生，我若不将案子查个真相大白，我不会心安的。你有何启示给我吗？”

“我都告诉你了。”

“告诉我什么了？”

“我说出那是个骗局。”

“为何是个骗局，福尔摩斯先生，为何？”

“当然，这的确是个问题。不过我仅给你提供个想法而已。或许你会认为此种想法有些道理。你不在这儿吃饭？好吧，再会了，请告诉我们你的进展情况。”

晚饭吃过以后，收拾完桌子，福尔摩斯又说起了这起案子。他点上烟斗，换上拖鞋，把脚搁到壁炉旁边。他突然看了一下表。

“华生，我觉得事情会有新的进展。”

“什么时候？”

“就是现在，几分钟之内。我猜想你绝对认为刚刚我对霍普金的态度不好。”

“我相信你的判断。”

“华生，你说得太好了。你应该如此看，我所了解的属于非官方情况，他所了解的是属于官方的。我有权做出自己的判断，但是他没有。他必须将他调查到的一切都报告给伦敦警察厅，否则的话，他就是失职。在一个还未定论的案子中，我不愿他的地位处于不利，因此我将我所了解的情况保留了，等到确定我的想法之后再说。”

“何时确定呢？”

“已经到时候了。现在请你看这场离奇戏剧的最终结局。”

楼梯上刚一传来声音，就有人推开了我们的屋门，来者是一个标致的年轻男人。他非常高，留着黑色的胡须，眼睛是深蓝色的，黑黑的皮肤，敏捷的步伐，这足以证明他不仅身体壮实而且十分灵敏。他顺手把门关好，随后便站在那儿，双手握成拳，胸脯快速地起伏着，他将心中激烈的感情努力压制着。

“请坐，克洛克船长，我的电报你接到了吗？”

我们的客人在一把扶手椅上坐了下来，用疑惑的目光注视着我们。

“你的电报我收到了，而且按照你的规定时间赶来。我听说你到办公室去过。我是无路可逃了。先谈最坏的事吧！你决定如何处治我？你讲呀！你不会坐在那里与我做猫抓老鼠的游戏吧！”

福尔摩斯说：“华生，递一支雪茄给他。克洛克船长，先抽一支烟，你应将自己的感情控制住。假如我将你看成凶手，我就不可能坐在这里与你一块抽烟，这一点你必须相信。把一切都坦白告诉我，我们能想些办法。你如果要花招，我就要毁了你。”

“你究竟要我做什么呢？”

“将昨天夜里格兰其庄园的事原原本本告诉我。我警告你，原原本本、不添加什么也不减少什么地说出来。许多事情我已调查清楚了，假若你有丝毫的保留，我便到窗口吹警哨，到时我也救不了你。”

这位船长思索了一下，然后在他的腿上用黧黑的手拍了一下。

他说道："我相信你是一个言出必行、讲信用的人，我将全部过程都告诉你。不过首先我要申明一点：与我本人有关的，我绝不后悔，也不害怕，我能将这样的事再做一遍，而且问心无愧。那个可恶的家伙，他有几条命，我就将他杀死几回！可是，与夫人——玛丽·弗莱泽有关的，我不想用夫人这个该诅咒的名称称呼她。为了她，我愿意用我的生命为代价换来她一个美丽的笑容。每当我想到使她陷入困境，我便坐立不安。但是，我又有什么其他的办法呢？先生们，我把我的事情告诉你们，然后请你们好好地为我想一下，我有何退路吗？"

"我将从头说起。你似乎都知道了，因此我猜想你知道我们是在'直布罗陀磐石'号上相识的，她是旅客，我是大副。从第一次我见到她开始，她就占据了我的整颗心。随着航行天数的增加，我爱她也越深，在值夜班的时候，我曾多次地在黑暗中跪在甲板上，俯吻着甲板，仅仅因为我看见她从那里走过。她与我的交往不深。她对我与普通的男人一样，但我并未埋怨什么。一切只是我在单相思而已。我们分离的时候，她依然没有丝毫的挂念，但我却怎么也洒脱不起来。"

"第二次我航海归来之后，听到了她结婚的消息。当然她与她心爱的人结婚是情有可原的。她是有权力享受爵位、金钱的。她生来就有享受一切美好和高贵东西的权力。我并不为她的结婚而感到悲伤。我并不是一个自私的人。相反的，我特别高兴，她找到了幸福，远离了一个穷光蛋的水手。我对玛丽·弗莱泽的爱就是这样的。"

"我没有料到还可以见到她，从上次航行之后我被提升了，但新船还未下海，因此我要与我的水手们在西顿汉姆待上两个月。有一天，我走在乡村的一条小路上，碰到了她的老女佣娄瑞沙·瑞特，娄瑞沙原原本本的把她和她丈夫的一切事情都告诉我了。先生们，我对你们说，我简直被这给气疯了。那个酒鬼，连吻她的鞋跟都不配，居然敢动手打她。后来我与玛丽相见了，再后来我又与她相见了一次。从那以后她不再见我了。可是有一天我接到通知要在一个礼拜以内出海，所以我打算在出发之前再见她一次。娄瑞沙常常帮我的忙，因为她心疼玛丽，她如我一样憎恨那个家伙。娄瑞沙把她们的生活习惯告诉了我。玛丽常常在楼下她的小房间中看书看到深夜。昨天夜间我偷偷地来到那儿，轻轻地敲着她的窗户。开始她不愿给我开窗，不过，她内心是爱我的，我清楚她不愿意让我晚上在外边挨冻。她小声对我说，让我绕到前边的大窗户那儿，我绕过去发现窗户没关，我走进餐厅。我再次听她亲口说出了让我感到特别愤怒的事，我也又一次地诅咒那个虐待我心爱的人的恶魔。先生们，上帝可以作证我们俩仅仅站在窗户后边而已，我们绝对没有做什么见不得人的事，就在此时，那个家伙发疯一般向我们冲过来，用不堪入耳的话骂她，而且用手里的棍子向她的脸上打去。我立即跳过去抓起通条，我们两人没命地厮打着。请瞧我的手臂，他第一棍就将我打着了。接下去该我打，我如打烂南瓜一样把他打死了。你想我会后悔吗？不，如果他不死，我就得死，关键是，如果他不死，玛丽可能就会死，我怎么可以把玛丽留在一个恶棍的手中呢？我杀死他的全过程就是这样。我错了吗？先生们，如果你们两人之中，有一个处在我当时的情景之中，又该如何处治？”

“他打玛丽时，玛丽大叫了一声，楼上的娄瑞沙听见叫声，马上下楼来了。有一瓶酒在餐具柜上，我打开，倒了一点儿在玛丽的口中，因为她害怕得快死。后来我自己也喝了一口。娄瑞沙特别冷静，是她为我们想的点子，我们把现场搞成了强盗杀人的样子。娄瑞沙给她的女主人讲了许多遍我们虚构的故事，然后我爬上去将铃绳切断。然后我将玛丽捆在椅子上，并将绳子的尾部搞成磨损的样子，否则的话，别人会对强盗为何上去割绳子产生怀疑的。然后我带走了一些银器，把庄园扮成遭到抢劫的样子。后来我就离开了，而且商定好十五分钟之后报警。我将银器扔进了水池中，就回西顿汉姆去了，我觉得这是我这一生中做的最大的好事。这便是事实，所有的事实，福尔摩斯先生，是否决定要逮捕我呢？”

福尔摩斯好一阵儿没有说话，静静地抽着烟。后来他向我们的客人走去，而且将他的手握住。

他说："我想到的你都说了。我清楚你所说的每一句话都不是假的。能从墙上的托座上抓到铃绳也只有杂技演员或水手，椅子上的那种绳结也只有水手打得出来。这位夫人也仅仅在那一次航海旅行中与水手有交往，她既然竭力为这个水手作掩护，证明她与这个水手有相同的社会地位，也可以看出她爱这个水手。因此你应明白，一旦我将正确的线索找到了，抓你也并非难事。"

"我原来想着我们的计谋警察永远也不能破。"

"警察永远不可能，我也相信。克洛克船长，尽管我知道你的行动是在受到了特别严重的挑衅以后才做出的，但是后果是严重的。我不可以断定你的自卫是不是能说是合法的。这个决定权在大英帝国陪审团的手中。不过我特别同情你，所以你能在二十四小时之内逃离这个地方，我敢说无人阻拦你。"

"这样就什么事也没有了？"

"绝对不可能有任何事。"

水手气得满脸通红。

"一个大男人怎能做这样的事情，我多少也知道一些法律，我清楚因此玛丽会被称作同谋而受到法律的制裁。你认为我会让她承担责任而我却逃走吗？不！福尔摩斯先生，无论他们怎么处理我都没问题，但是看在上帝的分上，请你帮忙让玛丽不受到制裁吧。"

福尔摩斯第二次向这位水手伸出手。

"我只是考验你一下，这回的试探你又经受住了。但是，非常大的责任都要由我来承担，我已对霍普金有过启示，要是他不会动脑筋，那就没问题。克洛克船长，是这样的，我们会依照法律的适当形式加以处置的。克洛克船长，你是罪犯。华生，你是一位英国陪审员，你是陪审员的最佳人选。我是法官。陪审员先生们，证词你们都听清了。你们觉得这名罪犯是否有罪？"

我说："没有罪，法官大人。"

“人民的回答就是上帝的回答。克洛克船长，你被无罪释放了。如果法律没有将其他的受害者找出来，我保证你没有任何危险。一年以后，你可以重新回到这位夫人身边，但愿我们今天晚上作出判决的正确性可以从你和她的未来中得到证实！”

第二块血迹

我本来想用《修道院公学绑架案》这一篇来结束对我朋友夏洛克·福尔摩斯非同寻常的惊险探案故事的叙述。我之所以这样做并不是因为我所掌握的福尔摩斯探案资料越来越少，更不是担心我的读者们对我朋友夏洛克·福尔摩斯侦探生活不感兴趣。要知道，我目前所掌握的福尔摩斯探案资料还有很多从来没有向读者透露过。事实上我无权向外界透露这些案件实情，真正对这些案件实情有发言权的是福尔摩斯。他一直反对我发表他的探案经历。他不爱出风头的性格就注定他一生必定过着淡泊名利的生活。他的立场非常坚定，我不得不把我已经答应过读者在条件允许的情况下发表《第二块血迹》的事实告诉了他，我的口才他很不欣赏。我面对的是一个沉默寡言的人，我为《第二块血迹》编造了很多发表的理由。他可能觉得和我争执发不发表《第二块血迹》这个问题既无聊又浪费他的工作时间吧，于是他让步了，他同意了我的做法。

那年深秋一个星期一的大清早（恕我不能说出准确的事发日期），我们在我们的小房间里接待了两位闻名欧洲的人物。一位是两次连任英国首相的贝林格勋爵，他是一个非常庄重、严肃的人。另一位是英国外务大臣特里芬尼·霍普，他是英国当前政界出类拔萃的知名人士。他专门负责欧洲事务，在英国有很高的声望，他是英国最有前途的政治家。霍普先生长得五官端正，谈吐文雅，年纪还不到中年。这两位国家重臣一进门后就迫不及待地打量起福尔摩斯来。我看到他们满脸是焦急和慌乱，他们的目光都落在福尔摩斯身上，似乎福尔摩斯身上有他们需要的答案。

霍普先生焦急地对福尔摩斯说道："尊敬的福尔摩斯先生，令人非常担心的事情发生在今天早上八点钟。事情非常重大，我马上向首相大人汇报了。他想到你或许能够帮忙，于是我们就急忙来找你来了。"

"你没有报警吗？"

贝林格首相立刻接口，说："这件事情非同小可，它不是一般的案子。万一有一个差错，后果将不堪设想。一报警，事情早晚都会被大家知道，我们并不想得到这样的结果。"

"首相大人，你为什么这样说？"

"霍普先生丢失的是一份国家机密文件。万一泄露了国家机密，那么它将影响欧洲的和平。这不是在夸张它的负面影响，事实上的确如此。如果能通过秘密渠道追回这份国家机密，报不报警也就不重要了。事实摆在眼前，盗窃者的企图就是要将这份文件广而告之。"

"我知道了。特里芬尼·霍普先生，请你详细地述说一下文件是怎样被盗的。"

"福尔摩斯先生，我必须告诉你的是，这份文件是一位外国国王寄给内阁的一封信，我们收到它是在一个星期之前。这封信非同小可，我觉得放在哪里都不保险。没办法，我只好每天晚上都把它带回我的家中，锁进我卧室的文件盒里。昨天晚上我特地看了一遍，它还安全地藏在文件盒里。但是今天早上我一起床检查时，它就不在了。要知道，文件盒昨晚一直放在我卧室梳妆台的镜子旁边。我和我的妻子睡得很清醒，昨天晚上没有人进入我们的卧室。可是现实很残酷，文件的确不在文件盒里了。"

"你吃晚餐的时间是在什么时候？"

"七点半。"

"你什么时候熄灯休息？"

"我妻子出去看戏，我一直在等她。我们十一点半才回卧室。”

“照你这么说，文件盒有四个小时处在无人看守的状况了？”

“有进入卧室特权的只有两个人，一个是我的仆人，另一个是我妻子的仆人。他们跟随我们许多年了，都很忠诚。他们不知情，一点儿都不知情。”

“有谁知道这封信呢？”

“家里只有我一个人知道。”

“你夫人也知道吧？”

“她不知道。文件被盗后我才告诉她。”

贝林格首相嘉许地朝霍普先生点了点头。

贝林格首相说：“我一直很信任霍普先生。霍普先生对待工作向来都是一丝不苟的，他一直以国家大事为重。”

霍普先生谦逊地说道：“贝林格首相你过奖了，这份文件由我保管之后，我从来没有在我妻子面前提过这封信。”

“她能猜得出来吗？”

“那是不可能的事情。福尔摩斯先生。”

“你没有丢失过文件吗？”

“从来没有。”

“在英国到底还有多少人知道这封信？”

“内阁成员都在昨天的时候知道了有这封信。每次召开内阁会议，首相大人都要求大家严守秘密。上帝！现在我把国家机密给弄丢了！”他说着，疯狂地把双手插进了浓密的卷发中。端正的脸庞因为痛苦、忧虑而扭曲了。在我们的眼里，霍普先生是个情绪过于激动的人。过了一会儿，他又恢复了他原来的神情。他开始心平气和了起来，他说：“在英国只有内阁大臣和三个官员知道，我敢保证。”

“国外呢？”

“我深信，除了那位写信的国王外，国外根本就不会有第二个人知道这封信。我始终坚信，他没有告知他的手下大臣。他是秘密寄过来的。”

福尔摩斯皱了几下眉头。

“霍普先生，我要搞清楚这封信的全部内容。它到底有多大的负面影响？”

贝林格首相和外务大臣霍普先生互相快速地递交了一下眼色。马上贝林格首相就严肃了起来。

“哦，是这样的，那封信的信封是淡蓝色的，又长又薄，上面有红色的火漆，印着一只威猛的狮子。信封上的字大而醒目，收信人是……”

福尔摩斯打断了霍普先生的话，他说：“很抱歉，霍普先生，我关注的是信的内容，请原谅我的无礼。”

“很遗憾，福尔摩斯先生，对于你这个要求，我有权力不回答。要知道，这可是国家机密，重大得很。不是随便哪个人都可以知道。要是你能够找到这封信，我们的祖国不会忘记你的，英国政府也不会亏待你。”

福尔摩斯脸色舒展了起来。他严肃地对两位英国重臣说：“大家都很忙，你们为国家大事而忙，而我却要忙于我接手的各种案件的破获工作。每个人都在争分夺秒地工作。我们都不例外。对不起，我们都不要浪费彼此的时间了。”

贝林格首相听了福尔摩斯这番话忍不住勃然大怒，整个人像一座马上就要喷吐的火山，他指着福尔摩斯的鼻子说：“我说，福尔摩斯先生，我认为你缺少个人修养。”立刻他觉察到自己的失礼，很快又心平气和了起来。就这样，彼此沉默了三分钟。

“福尔摩斯先生，很抱歉，我为我刚才的失礼向你道歉。我们是应该按照你所说的去做。我们信任你的为人和能力。”

霍普先生也说：“贝林格首相大人的看法我赞同。”

“我们对你和你的同事华生都是百分百的信任，因为你们是优秀的爱国主义者。我们之所以这样谨慎行事，担心的是国家的前途，希望你们两位能够理解我们。”

“我们和你们两位国家大臣一样热爱祖国。”

“这是封外国某国王写给英国内阁的密信。他非常不满我国的殖民地扩张政策。他急急忙忙就写完了这封信，可以这么说，这是一封他自己的抗议书。经过我们严密调查，他的手下大臣对这件事毫不知情。这封信写得很失他国王的尊贵身份，有些词句写得太过火，有言过其实的痕迹。要是泄露了信中的内容，一定会引起英国人民对那位国王的强烈不满。事态将非常严重，谁也不能阻止因为这件事而引发一场荒诞的爱国战争。”

福尔摩斯立刻在纸上写了一个名字，交给了首相大人。

“不错，是他。这封信关系到英国人民乃至欧洲人民的生命和财产，形势严峻得很。”

“你们把事态情形告诉那位国王了吗？”

“我们早给他发了一份密码电报。”

“这样他的心愿就达到了，他巴不得我们英国处于这种处境呢。”

“不是这样的，我们想他也应该觉察到了他会为这件事情付出惨重代价的，要是这封他亲笔写的信公布于众，他和他的国家即将遭受的打击会比我们国家更惨重。”

“照你这么说，这封信公布出来获利最大的人又是谁呢？盗信人有何企图？”

“福尔摩斯先生，这就不得不牵扯到复杂的国际关系中去了。目前的欧洲局势处于一触即发的时刻，战争随时都有可能爆发。欧洲现在存在着两大军事阵营，美国处于中立。只要英国加入任何一个军事阵营，这场战争的胜败立刻就会决定下来。清楚了吗？”

“我现在搞清楚了这个居心叵测的人有何险恶用心和卑鄙企图。他首先是这位国王的仇敌，他想看到的结果就是挑拨英国对他们国家发动战争，借英国之手消灭那位国王。”

“就是这样。”

“假如这封信落到一个敌人的手里，他会把它交给谁呢？”

“欧洲任何一个国家的军事大臣都会接受这份大礼的。此时此刻或许这封信正在赶往目的地的途中呢。”

特里芬尼·霍普先生低下了头，绝望地叹息了一声。贝林格首相安慰地在他肩膀上拍了几下，轻声说道：“你也不要太悲伤了。这不能都是你的错，你已经尽力了。福尔摩斯先生，事情就是这样，现在我们能够做些什么弥补工作？”

福尔摩斯有点左右为难了。

“贝林格首相大人，事态的后果真是如你所说的那样会爆发灾难性的战争吗？”

“我是这样认为的。”

“很抱歉，我们英国应该准备应付这场战争了。”

“福尔摩斯先生，也不至于像你所说的那样吧。”

“我心里有底，我来分析一下案发情况吧。霍普先生和他夫人在晚上十一点半回到卧室，然后一直睡到第二天早晨七点钟。在这段时间里，盗窃者不可能偷盗成功，案发的准确时间是在昨晚七点半与十一点之间，极有可能是在七点半左右。偷盗者非常熟悉霍普先生家的环境，他（她）早就知道信放在哪儿，自然而然，会有尽快偷到手的欲望。信偷走后，盗窃者马上会把信送给需要这封信的人。事实摆在眼前，目前我们在做着大海捞针的工作。不是吗？”贝林格首相点了点头。他说：“福尔摩斯先生，你的推理很正确，正如你所说的，我们目前在干着大海捞针的工作。”

福尔摩斯接着说：“我们不妨假设一下，拿走这封信的女仆或者男仆……”

“不可能，他们对我忠心耿耿，不会干这种事情的。”

“你曾经对我讲过，你的卧室在三楼，没有门通向外面，要是有人进屋一定会被立即发现的。毫无疑问，拿走这封信的一定是你家里的人。这个人偷走信之后一定会交给国际间谍或秘密特务的。幸运的是我对这些人非常熟悉。有三个人是专干这一行的头头。我必须去调查一下，瞧瞧他们是否都在。假如有哪位昨晚不在的话，这份文件就有着落了。”

特里芬尼·霍普先生问道："他为什么不在呢？他可以把信交给某国驻伦敦的大使馆。"

"他们不会这样做的。这些国际间谍特务一直都是单独行动，他们跟大使馆关系不好。"

贝林格首相脸色又好转了起来，他对福尔摩斯说道："福尔摩斯先生，你的能力以及你的见识我都十分欣赏。但愿如此吧。那些间谍特务一定会谨慎地把这份重要的机密文件小心翼翼地交给他们的总部。这件事情就麻烦你了，福尔摩斯先生。一有情况，我们立即联系！"

贝林格首相和外务大臣霍普先生一脸严肃地离开了我们的房间。

我们送走这两位闻名欧洲的政治家后，我们房间的气氛并没有轻松下来。福尔摩斯把他那象征思考的烟斗咬得更紧了。烟雾非常浓密，一直缠绕在他的头顶上久久不散。我在看晨报报道前一天在伦敦发生的一桩凶杀案。福尔摩斯在这个时候发出了一声呼叫，他停止吞云吐雾了，他一脸正色地说道："这的确有点让我束手无策，我还没有碰到过这么糟糕的案子。不过，我的自信心一直让我无畏困难，这就足够了。现在那封机密要信一定还在伦敦。盗信者的目的当然是想敲诈一笔不菲的金钱，他们很聪明，英国政府不会吝惜这笔赎信金的。我不排除这个盗信者一直在等待愿意出更高价钱买走这封信的买主，他狡猾得很。我想不外乎这三个家伙：奥伯斯坦、拉·罗塞尔、爱德瓦多·卢卡斯。我不会放过他们的。"

我忍不住又多看了一眼手中的晨报。

"你说的是住在戈德芬大街的爱德瓦多·卢卡斯吧？"

"不错。"

"他的情况非常不妙！"

"怎么？"

"他昨天晚上在家里被人杀了。"

当他听到我说出卢卡斯昨晚在家被人杀死这条消息的时候，

他惊异的目光一直没有离开过我，紧接着我手里的报纸被他一手夺了过去，他全神贯注地看着那篇报道：

西敏寺的谋杀案

昨晚在戈德芬大街十七号发生了一桩奇特的谋杀案。案发地点是在一排十八世纪幽静的老式住宅里。它位于泰晤士河和西敏寺之间，在它的旁边坐落着议会大厦。爱德瓦多·卢卡斯先生在这座精致的楼房里居住了许多年。卢卡斯先生是社交界的知名人士，他的人缘极好，他是一个受人尊敬的人。卢卡斯先生三十四岁，未婚，家中只有一位上了年纪的女管家普林格太太和一位男仆米顿。普林格太太睡在顶楼，睡得很早。男仆米顿当晚不在家，去罕姆尔斯密看望一位朋友去了。晚上十点之后，屋里只有卢卡斯先生一人。在这段时间里到底发生了什么事情还在调查之中。十一点四十五分，巴瑞特警官巡逻经过戈德芬大街时，发现十七号门半掩着。他首先敲了敲门，没有人作声。然后他又看到了客厅里有灯光，于是他就走进过道又敲起客厅的门来。可是依然无人作声答应。于是他就推开客厅的门，走进了客厅。此时此刻的客厅里一片狼藉，家里的摆设全倒在房间的一边，一把椅子倒在屋子的正中央。旁边倒着死去的卢卡斯，他手里还紧紧握着椅子腿。凶器是一把印度匕首，直接从墙上用作装饰的刀鞘里拔出来的，插进了卢卡斯先生的心脏，卢卡斯先生遇害了。杀人动机似乎不是抢劫，因为屋里的贵重物品并没有被拿走。警方正在全力以赴地调查这桩凶杀案。

良久，福尔摩斯才问我：“华生，你对这起凶杀案有什么想法？”

“太巧了，真是巧得天衣无缝。”

“我不这样认为。我怀疑有三个间谍和霍普先生家文件被盗案有关，卢卡斯就是他们当中的一个。但这个时候他却惨遭横祸。我认为这绝不是偶然的巧合。里面一定大有文章。卢卡斯的被杀肯定和机密文件被盗有某种关系。”

“警察可能已经知道了。”

“不可能，他们的调查结果还没有这么快就出来，他们的调查范围一直没有离开戈德芬大街。目前他们还肯定不知霍普先生家文件被盗，现在他们不知道，将来也会不知道。也就是现在在侦探文件被盗案的只有我俩。我之所以怀疑卢卡斯，是因为卢卡斯家离霍普先生的家最近，而另外两个间谍头子奥伯斯坦、奥塞尔的住宅和霍普先生的家隔着一条大街的距离。卢卡斯占有地理位置上的绝对优势。但这两件事情前后发生在几个小时内，这一点也许就非常重要了。嗯，看看是谁来了？”

这时我们的房东哈德森太太走进屋来，她递给我们一张名片，是一张女士的名片。福尔摩斯扫了一眼，舒展了一下眉头，然后交给了我。

他对哈德森太太说：“麻烦你请希尔达·特里芬尼·霍普夫人上楼来。”

同样是前后相隔一段时间，我们的房间也发生了两件大事。首件事当然指的是首相大人和外务大臣的采访，现在马上又要接待伦敦第一美女霍普夫人的来访了。我对于这个贝尔敏斯特公爵的小女儿的美貌早有耳闻了，现在终于有机会和她见面了，我真感到荣幸。但是，今天她的到来给我们留下的深刻印象恰恰不是她的美貌。她的脸颊虽然非常可爱，但由于过分激动而显得苍白，眼睛虽然明亮，但却显得焦虑不安，敏感的小嘴因为竭力克制自己而紧闭着。

“福尔摩斯先生，是不是我丈夫来找过你？”

“嗯，是这样的，夫人。”

“福尔摩斯先生，我恳求你不要将我来这里的事告诉他。”

福尔摩斯冷冷地回答了她，但并没有忘记请她坐下。

“夫人，你这样站着难道不觉得累吗？恕我直言吧，你的请求，我只能尽力而为地答应。”

霍普夫人轻盈地走向扶手椅。她身材高挑，走起路来婀娜多姿，风采无限。

霍普夫人一坐下来就表现出她心事重重、坐立不安的神态，她轻声说道：“福尔摩斯先生，我会毫不隐瞒地告诉你我的苦恼事情，我也希望你能够毫不隐瞒地为我解答一些我不清楚的事情。我很爱我的丈夫，我丈夫也很爱我，但他关心国家大事胜过关心我。他在我面前从来不谈国家大事。我今天才知道我丈夫遇到了大麻烦了，他告诉我他丢了一份文件。因为这份文件跟国家大事有关，他并没有详细地告诉我到底丢了一份什么样的文件。我想知道这件事情到底是怎么一回事。我知道，知道这件事情的人不多，可以说很少，但是我知道你清楚这件事。我是真心实意愿为我丈夫分担痛苦，分担忧虑。请你告诉我到底偷走了一份什么样的文件？”

“夫人，你的这个请求我回答不了。”

她痛苦地叹息了一声，低头用手捂住了脸。

“很抱歉，我只能这样回答你的请求。如果霍普先生认为有必要告诉你这件事情，他早就告诉你了。我因为是调查这件案子的侦探，他才不得不告诉我。这件事情非同小可，不是每个人都可以知道的。你还是去问你的丈夫吧。”

“事实上我问过他了，他还是像平常那样，在我面前不谈国家大事。我实在是没有办法才来找你的。你哪怕给我一丁点儿的提示，我也会感到满足的。”

“你想得到哪方面的提示？”

“我丈夫的政治生涯会不会由于这件事而受到影响？”

“如果能够找回那份丢失的文件，自然会没事，但是找不回的话，后果将是不堪设想！”

“上帝！”她做了个祈祷的手势，好像心中悬挂的石头终于落下。

“福尔摩斯先生，我还想向你请教一个问题。我丈夫发现文件丢失时，震惊地说漏了一句话。我从他的话中听得出来，丢失这份文件可能会在公众中引起可怕的后果。”

“既然他这么说了，我也不否认。”

“到底会造成什么样的后果呢？”

“请恕我不能相告。夫人。”

“好吧，我也不再浪费你宝贵的时间了。福尔摩斯先生，我不会责怪你的。我是非常信任你才来找你的，我知道你不会告诉别人我来拜访过你，对不对？”

她走到门口时又回过头来看了我们一眼。她那美丽而焦虑的面容，那惊恐的眼神和那紧闭的小嘴给我留下了最后的印象。最后她离开了。

我们目送霍普夫人离开我们的房间。福尔摩斯又啪哒地抽了一口烟，笑着对我说道：“华生，你猜猜看霍普夫人到底在搞什么鬼呢？她到底有什么企图？”

“她不是早就告诉我们了，我们从她的表情中可以看出她说的是真的。”

“你太小看她了，华生。我们从她的表情不但可以看出她的不安，而且还可以看出更多的问题。最起码我们可以看出她对这件事情十分关注。”

“你说得不错。”

“还有，她三番两次地请求我们不要把她今天拜访我们的事情告诉给任何人，尤其是她丈夫霍普先生。你难道就不觉得这件事情很蹊跷吗？她今天来访所坐的位置，是一个偏角，她一开始就给她自己定了位，她在竭力隐瞒一些事情。”

“我也有这种感觉。她的确是心事重重。”

“女人的动机的确很难揣测。你应该没有忘记那个玛伽特女人吧？我那时怀疑她正是因为同样的原因。而且我正是从她鼻子上没有擦粉解开那个疑团的。我们不能小看这种女人，她们的一举一动都十分可疑。等一会儿再和你继续讨论。”

“你要出去吗？”

“嗯，我现在要去一趟戈德芬大街，我要去和那些警察聊聊。依我看来机密文件被盗案一定不能缺少爱德瓦多·卢卡斯这个人物。至于事情最终又会有什么变化，我就不妄加推测了。我必须去掌握一些线索，这样对破获这桩机密文件被盗案有很大帮助。”

一连几天，我朋友福尔摩斯一直在为这桩大案奔波劳累着。他干劲十足，虽然大案的破获还没有什么进展，但他依然信心百倍。他把全部精力都投进破案当中去了。在我看来，这是机密文件被盗案的一个好前兆，福尔摩斯以往就是用这种方式迎接挑战的。回到贝克街的房子里，他不在我面前谈论这桩案子。我对于这起案件的发展情况是从报纸上了解到的。报纸报道，卢卡斯的男仆约翰·米顿有涉案嫌疑，不过后来调查结果显示，约翰·米顿与此案无关。法医的调查显示这是一桩故意谋杀案，凶手不知道是谁。作案的动机也不明白。死者卢卡斯生前生活富裕，社交广泛，认识各种各样的人。经缜密调查，死者卢卡斯生前十分关心国际政治，评论起国际政治形势来头头是道。他还跟好些国家的领导人关系密切。死者卢卡斯和女人的关系很混乱，可是双方之间的交往不深。他给人们的印象是一个风流倜傥的绅士。关于他的死一直令人不可思议。

死者卢卡斯的男仆米顿一度成为警方破获这起凶杀案的焦点人物，以为他就是杀人凶手。警方这样做其实是迫于无奈，他们除了把米顿当做犯罪嫌疑人外别无其他办法。但是事实胜于雄辩。男仆米顿那天晚上的确去看望罕姆尔斯密的朋友，他的朋友可以作证。男仆米顿离开他朋友家的时间是案发时间。男仆米顿不可能有分身术，分别在同一时间身在两个地方。在警方询问后，米顿作了一个简要的回答，案发的那天晚上，他是十二点回到主人卢卡斯家的。他是第一个发现卢卡斯被杀的人，第一个报警的人也是他。卢卡斯对他一直很好。他在卢卡斯家干了三年了，他很敬重卢卡斯先生。案发当晚，女管家睡得很熟，她什么也没有听到。假如有客人来，卢卡斯会亲自开门相迎的。

那几天我就是这样通过报纸的报道了解机密文件被盗的另一条线索的。我和福尔摩斯都坚信，机密文件被盗跟卢卡斯被杀案有极大的联系。事情发展到第四天早晨，情况有了很大变化。报上刊登了从巴黎发来的长电报。

【据《每日电讯报》报道】巴黎警方刚刚有了重大发现，解开了发生在伦敦西敏寺区戈德芬大街爱德瓦多·卢卡斯被谋杀的谜团。卢卡斯先生是在他房间里被人用匕首刺死的。当时曾怀疑过死者的男仆，但因为他不在案发现场而无罪释放。昨日有几位仆人向巴黎警方报告有位太太精神失常。她的名字叫亨利·富纳耶太太，住在奥斯特利兹街的一幢小别墅里。她得了严重的精神分裂症，根据警方调查，富纳耶太太星期二刚从伦敦回来，而且有证据证明她和西敏寺凶杀案有关。在核对照片后，警方已经证实亨利·富纳耶先生就是爱德瓦多·卢卡斯。死者由于某种原因在伦敦和巴黎过着双重生活。富纳耶太太是克里奥耳人，她的嫉妒心十分强烈。西敏寺凶杀案极有可能是富纳耶太太在精神失控的情况下制造的。这桩凶杀案震惊了整个伦敦。关于她星期一晚上都干了些什么，警方正在调查。富纳耶太太已经列入了谋杀富纳耶先生的犯罪嫌疑人之中。又有人报告，星期二早晨在伦敦查林十字火车站曾经有一个长得跟她非常像的女人，那个女人外貌奇异、动作放肆粗鲁，引起了人们的特别注意。富纳耶太太现在住在医院，医生向警察反映，她的精神分裂症已经十分严重，她根本就不能回忆她曾经干过些什么事。另外又有证据证明富纳耶太太就是杀害富纳耶先生的人，案发当晚有人看见一个长得非常像她的女人站在戈德芬大街，朝富纳耶先生的房子看了几个小时。这些都只是警方的推测。此案还在严密的调查当中。

福尔摩斯听我一个字一个字地把这篇有点头绪但又十分模棱两可的报道念完了。我问他："福尔摩斯，对此你有什么想法？"他站起身来，沉思了一会儿，然后才说道："对我而言，这则从巴黎寄来的电报对我们的帮助不大。"

"但是卢卡斯先生的死因还是查清楚了啊！"

"卢卡斯的死只是一个特殊的意外。我关注的不是他的死，我关注的是那份机密文件，我必须对英国负责，说得更远一些，我必须对欧洲人民负责。前几天最大的收获是没有发生什么事情，我收到了很多政府给我寄来的时事报告文件，欧洲一直风平浪静，表面上这封信还没有被国外某些战争狂人搞到手，但是实际上它已经寄往需要这封信的人手中去了。但这种可能又不能成立。这封信到底有没有寄出去呢？如果没有寄出去，又在谁的手中？我一直被这个问题困扰着。卢卡斯死在案发当晚，这是不是一个偶然现象呢？他到底见过这封信没有？他和这封信有多大联系呢？假如这封信曾经掌握在他手里，怎么在他的文件柜里又找不到呢？他那位得了精神病的妻子到底把信拿走了没有？假如拿走了，是不是在她巴黎的家里呢？我又该如何让巴黎警方不怀疑我而又能够十分顺利地搜查她的家？我们有很多困难要去面对，要去克服。呦！又有好消息吗？"他接过送信人递给他的纸条，急急忙忙看了一眼，然后说道："警长雷斯垂德又有了进展。华生，我们去西敏寺走一趟吧。"

卢卡斯的旧宅坐落在戈德芬大街左侧，这座建筑看上去比较陈旧，虽然有点窄但却非常美观大方，它依然保存着一定历史时期的韵味。魁梧的雷斯垂德在窗户上探出头来向我们招了招手。我们进了门和他见了面，他对福尔摩斯非常尊敬。在案发现场，保留下来的作案痕迹已经所剩无几，唯一保留下来的是地毯上那块难看的、形状不规则的血迹。地毯不大，形状是正方形，放在房间的中央，四周是用小方木块拼成的旧式地板，擦得很干净。壁炉上方挂了各式各样的武器，那天晚上使用的凶器就是其中的一把。其他的家具摆设都十分考究和精致。

雷斯垂德问道："你看过巴黎的情况吗？"

福尔摩斯"嗯"的一声回答了他。

"巴黎警方似乎把这个案子给破了，应该是八九不离十吧。巴黎警方的推测就是：富纳耶夫人从巴黎赶到伦敦看富纳耶先生，也就是卢卡斯。富纳耶没有想到他妻子会来，要知道，他妻子是一个深居简出的人，富纳耶对于她的到来感到十分惊讶，但是他让她进了屋。富纳耶太太怪富维耶先生不回巴黎的家，让她一个人在家里独守空房。于是两人就吵了起来，两个人互不相让，最后肯定是有人先动了手。在争打当中，富维耶太太精神分裂症突然发作，不经意在近手处取出匕首刺死了富维耶先生。富维耶先生临死的时候还挣扎过。这些被推倒的椅子，以及他手里始终拿着的一把椅子，就是他们争打的最后结果。事情就是这样。"

福尔摩斯反问他："你找我来干什么呢？"

"噢，噢，我们又必须牵扯到另外一件事情当中去了，当然这是一件会让你兴趣盎然的怪事。不过，它和这起谋杀案没有什么关系。"

"你说吧，是什么事？"

"案发后，我们接到报警，立刻就赶到了案发现场。我们立刻封锁了案发现场。案发现场保管得非常严密，警力充足，我们警方不分日夜地巡守现场。今天早上，因为已经埋葬了死者，现场的调查也已结束了。在收拾房间的时候，我们翻开这块地毯，结果发现……"

"发现了什么？"

福尔摩斯追问雷斯垂德。

"当时我们发现这个情况的时候也表现得十分惊异。看见地毯上那块血迹了吗？肯定有很多血从那里渗了下去，是不是？”

“不错。”

“要是白色的木板上相应的地方没有任何血迹，你会不会觉得很蹊跷？”

“白色木板上相应的地方不可能没有血迹！”

“我早料到你也会不相信这个事实。但事与愿违，那上面的确没有血迹。”

他一手就把地毯的一角翻了上来，果然白色木板上没有血迹。

“但地毯的反面和正面一样被血渗透了，地板上不可能没有血迹。”

雷斯垂德见闻名英国的侦探高手也被这件事情难住了，忍不住得意地笑了起来。

“事情并不像你想象的那样。地板上还有一块血迹的，但它的位置和第一块血迹不一样。你仔细瞧瞧。”雷斯垂德又用同样的手法翻开地毯的另一角，那块白色的老式地板上露出了一大片深红色的血迹。“噢，福尔摩斯先生，这又如何解释呢？”

“其实这件事并不复杂。这两块血迹的位置原本是相同的，只是地毯被人移动过了。你看这地毯是方形的，而且是活动的，所以把它转动一下并不难。”

“福尔摩斯先生，我们警察想知道的并不是这些简单的事，我们一看就明白，我也知道把地毯转过来，血迹正好一致。但是对我来说，最重要的是哪个人动了这块地毯，为什么要转动它？”

福尔摩斯好大一会儿没有说话，他心里太激动了。

他平静了一下说：“雷斯垂德，我问你一下，门外过道上的那位警察没有离开过这里吧？”

“没有。”

“好，那你出去单独地问他一下，因为你一个人去问，他才有可能说实话。你一开始就骂他狗胆包天，竟随便让一个陌生人进来，并且让那个人单独留在这个房间里。但是你千万不能问他是否有人来过。因为这样他有可能不承认。你去骂他一下，语气要生硬，告诉他如果抗拒不说，对他是没有好结果的。”

“我敢肯定，除非他没做，否则我绝对能让他坦白。”

雷斯垂德说完，就匆匆忙忙走了出去。不一会儿，就从外面传来了他的怒吼。

“华生，这下有好戏看了。”福尔摩斯得意洋洋，刚才的沉默被现在的喜悦心情所代替，继而形成一种难以抑制的生命活力，他立即掀开地毯，趴在地上，用手抚摸地毯下的每一块木板。我惊奇地看着他，突然，他的手停住了，他使劲地一掀，把这块木板从一边翻了过来，地上露出了一个小黑洞。福尔摩斯立即伸过手去，但是他什么也没有摸着，他沮丧地哼了一声。

过道上传来了雷斯垂德的脚步声。福尔摩斯立即让我放好地毯。我刚刚弄好，雷斯垂德就进来了。他看到福尔摩斯正无所事事地站在那儿，像是在专等着他似的。便说：“福尔摩斯先生，不好意思，让你等了这么长时间。你说得没错，那家伙把他做的都说了。麦克佩森，你到这边来，把你做的事从头到尾讲给这两位先生听。”

那位站在外面的警察满脸懊丧地走了进来。

“长官，我真的不知道事情居然会这样。昨天晚上那位小姐说她走错了门，然后我们就谈了一会儿。你知道一个人待在这儿是很闷的。”

“后来发生的事呢？”

“她跟我说她从报纸上知道了这件案子的经过，不料今天却误走到这里。那位小姐看起来非常高贵，她说她想看一下现场。我想她是一位贵族小姐，又那么体面，所以就答应了她。但是她一发现地毯上的血迹就昏倒了，我用水也没有把她弄醒。后来我就到街上的‘常春藤商店’买了一瓶白兰地。但是当我回到这里时，那位小姐已经不见了。我想她肯定是感到害羞，偷偷地走掉了。”

“当时那块地毯被人动过吗？”

“我买了白兰地回到这里时，地毯是有点不平，但我以为是那位小姐跌倒时弄的，也没有多想，就把它弄平了。”

“麦克佩森，你不应该欺骗我。”雷斯垂德声色俱厉：“你别以为你做了什么事别人不会发现，要想人不知，除非己莫为。幸亏这儿没丢东西，否则，你真的会进监狱。福尔摩斯先生，不好意思为这点小事麻烦你，当时我以为这是两块不同的血迹呢。”

“这件事确实很迷惑人。喂，这位警察，那位小姐来过几次？”

“一次，绝对是一次。”

“你问她叫什么名字了吗？”

“没有，她说她是来应聘打字员的工作，只因为走错了门，所以才会来到这里。但是她是个高贵、体面，一看就让人喜欢的小姐。”

“是不是个子很高，长得非常漂亮？”

“是的，非常漂亮，简直和天上的仙女一模一样。而且说话非常温柔，声音甜美，能让人陶醉。她对我说：‘哦，长官，你让我看一下吧，这件事太奇怪了。’”

“我想她也只不过是好奇，看一下也没关系的，所以就让她进去了。”

“她穿了一件什么样的衣服？”

“是一件一直垂到脚部的连衣裙。”

“她是什么时候来的？”

“天要黑的时候，我出去买白兰地时，看见街上的路灯刚开始亮。”

福尔摩斯问完，对我说：“华生，我们走吧，这儿已没事可做了。不过，别的地方倒有很重要的事。”

福尔摩斯和我出门的时候，雷斯垂德仍守在那里，那个做错事的警察殷勤地为我们打开了门。当时，福尔摩斯故意把手里拿着的东西举了举。那位警察看到它，惊奇地大叫一声：“上帝啊！”福尔摩斯听到他的叫声，急忙用手势制止他不要再说了。随后把东西装进了胸前的口袋里。我们刚走到大街上，福尔摩斯就忍不住哈哈大笑起来。他得意地说：“亲爱的华生，这件事简直太有趣了。故事已接近尾声了。与别的案子不同的是，这是一个喜剧结尾。特里芬尼·霍普先生的锦绣前程不会为此而断送，那位粗心的郡主也不会因为这件事情而心绪不安，首相也不必再费心处理欧洲复杂的局势了。华生，只要我们的计策好，没有一个人会为此而担心的。”

我对这位聪明朋友的敬佩又增进了一层。

我问他：“事情已弄清楚了吗？”

“亲爱的朋友，现在话还不能这样说，因为还有几个小小的疑点。不过，到了白厅住宅区，很快就会弄明白的。”

一会儿，我们就到了欧洲事务大臣的住宅。福尔摩斯要求见一下希尔达·特里芬尼·霍普夫人。

我们刚走进客厅，那位夫人就气愤地嚷道：“福尔摩斯先生，您怎么能这样做事呢？我早已向您说过，我让您保密我们之间的事，千万不能让我的丈夫知道我拜访过你，以免让他知道我在插手他的事。唉，先生，你真的不该到这儿来。”

“夫人，我是不得已才来的。你知道，我是为了那份非常重要的文件。所以，我现在只有求你，夫人，请把那封信交出来吧。”

那位夫人一听这话，猛地站了起来，她怒火冲天，脸色通红，身体晃了几晃。这时，我真的有些担心她会晕倒，但是，她还是镇定下来，愤怒地说：“福尔摩斯先生，您，您的话太让我伤心了。”

“夫人，你这样做，受害的只是你自己。还是把信交出来吧。”

“请你们出去！管家，管家。”她嚷着就要去按手铃找管家。

“希尔达夫人，请不要按门铃，你要仔细考虑一下，我们会极力掩盖这件丑闻的，希望您能合作，否则，我真的不敢保证您的名声。夫人，还是把信交给我吧，只有这样，我才能把事情处理好。如果您拒绝跟我合作，那我也就不客气了，说不定会把你给揭发出来。”

希尔达夫人此刻像一个狂傲的女王一样虎视眈眈地站在那里，眼睛一眨不眨地瞪着福尔摩斯。她的手没有离开铃，但是她并没有按响。

“福尔摩斯，你是在威胁我，是不是？这就是你今天来的目的吗？原来威胁女人就是你最大的本事。好，你说你了解了一切情况，那么你说出来。”

福尔摩斯和颜悦色地说：“夫人，你别激动，坐下来慢慢说。我真担心你会摔倒的，还是先坐下来吧，要不然我就坚持不说。”

“福尔摩斯先生，有话你就快说，你只有五分钟的时间。”

“希尔达夫人，我只要一分钟。我已经知道您和爱德瓦多·卢卡斯见过面，并且把文件交给了他。昨天您又到那儿去了一次，而且很巧妙地又把文件取了回来。”

此刻，希尔达夫人脸色由红变白，她努力地控制自己的情绪，然后生硬地说：“你发疯了，福尔摩斯先生，你说的是疯话！”

福尔摩斯一言不发地从口袋里掏出了一块小纸片。那是一张相片的一部分——面孔部分，确切地说，是希尔达夫人的面孔部分。他拿着它让希尔达夫人看了看说：“我把这个让那个警察看了，他说你正是昨天晚上去那儿的女士。”

希尔达夫人无可奈何地闭了一会儿眼睛。

“希尔达夫人，请把信交出来，我知道它就在你这儿。我和你都不想有麻烦，对不对？我只想把那份文件交给你丈夫，否则后果可不是你我所能想象的。”

“福尔摩斯先生，我最后对你说一句，你简直荒唐极了！”

福尔摩斯一下从椅子上站起来，边按铃边说："希尔达夫人，你这样固执，你会后悔。看来我努力掩盖的一切都要被曝光了。"

他看见管家进来了，便问："特里芬尼·霍普先生在不在家？"

"先生，他不在，不过，他会在十二点三刻到家。"

福尔摩斯看了一下表，说："华生，特里芬尼·霍普先生很快就会回来的，我们在这儿等一会儿。"

管家刚离开，希尔达夫人就跪在了福尔摩斯的面前，她摊开双手，由于伤心、痛苦，她的面容显得很憔悴。她泪流满面地哀求道："福尔摩斯先生，我求求你不要把这件事告诉我的丈夫，我太爱他了，我不能失去他，也不愿意让他伤心。如果他知道了这件事，肯定会很伤心的。福尔摩斯先生，看在上帝的面上，你饶恕我吧！是我错了。"

福尔摩斯把希尔达夫人扶了起来，对她说："夫人，我非常高兴，你能回心转意。此刻，我们要抓紧时间了，快把信交给我。"

希尔达夫人快步走到写字台旁，迅速地拉开抽屉，拿出了一个淡蓝色的长信封。

"福尔摩斯先生，这就是那封信。真的，我没看这封信，从来没有。"

福尔摩斯小声嘀咕着："我们要赶快想个办法。如何才能安然无恙地把它放到文件盒里呢？对，文件盒呢？快把文件盒拿来。"

"在卧室里。"希尔达夫人小跑着进了卧室，不一会儿，就捧着一只红色的盒子出来。

福尔摩斯激动极了："太好了，夫人，真是天助我也。"

福尔摩斯接过小盒子，看了一眼说："快，把它打开，当然，您是有钥匙的，快，打开它。"

希尔达夫人迅速从口袋里掏出一把小钥匙，把文件盒打开。

里面满满的一盒文件，福尔摩斯从里面拿出了一叠文件，把那个淡蓝色的信封夹在了中间，然后又把那些文件放了回去。关上盒子锁好后，又让希尔达夫人把文件盒放回了原处。

福尔摩斯和我都松了一口气，说："好了，我们现在要做的就是等他回来了。不过，希尔达夫人，我想请你趁现在难得的最后几分钟，把你要这样做的目的告诉我们。"

希尔达夫人痛苦地说："福尔摩斯先生，我向你保证，我之所以这样做，是因为我太爱我的丈夫了。如果我的事被他知道，他永远都不会原谅我的。况且我也不愿意因为我而把他的名誉和前程毁掉。福尔摩斯先生，求求你帮助我们，我们的幸福就掌握在你手里了。"

"希尔达夫人，把事情的经过说出来吧！时间不多了。"

"福尔摩斯先生，整个事件都是因为我的一封信，那封信是我在没结婚的时候写的。当时我是一时感情冲动才写了那封既草率又愚蠢的信。其实那封信也没什么，但我的丈夫他不会这么认为的。如果让他知道了，我们之间就会失去一切。这么多年了，我以为信早已消失了。没想到卢卡斯竟然告诉我信在他那儿，并说要把信交给我的丈夫。我害怕极了，我求他不要这么做。但是他却提出了一个条件，就是要我从文件盒内拿出那份他描述的文件。也就是那封蓝色的信件，原来我丈夫的下属人员之中有间谍，所以卢卡斯才知道有这么一封信。我考虑了好长时间，才决定把文件拿给卢卡斯，用它来交换我的那封信。"

"并且付诸了行动，是不是？"

"对，我不能毁了我的幸福。再说，当时我根本不知道会存在这么严重的政治问题。所以，我拿了我丈夫的钥匙，让卢卡斯给我复制了一把。我打开文件盒取了文件，然后来到了戈德芬大街。"

"后来发生了什么事？"

"我按我们之间说好的方法敲了门，很快卢卡斯就开了门。他把我领进屋子，当时我故意没有把门关好，因为我怕卢卡斯另有什么企图。我记得我敲门的时候门外好像有个女人。我们很快就把文件和信交换了过来。就在这时，门外传来了急促的脚步声，好像有人过来了。卢卡斯听到有人来，迅速地把文件塞在了地毯下面的木板洞里。接下来却发生了一场极其可怕的厮杀。门外的那个女人手里拿着一把刀子，进来恶狠狠地对卢卡斯说：‘我终于等到了，捉到了你们，你背着我和别的女人幽会，今天，我不会饶恕你的。’卢卡斯也抓起一把椅子和那个女人打了起来。我拿着信不敢再待在那个可怕的房间。那天晚上，我心里高兴极了，因为我拿回了那封信。第二天早晨，我看到了卢卡斯被害的消息，就知道他是被那个女人杀死了。”

“第三天早晨，我才知道我做了一件多么严重的错事，我再也高兴不起来了。我的丈夫发现文件丢失后，痛苦极了。我想把我做的一切都告诉他，但是又怕提及我那封信，所以我不能向他坦白。我只好去找您，想问一下我的错误到底有多严重，会不会对我丈夫的前程造成影响。当我明白事情真的很严重时，我就想着要把文件拿回来。那天我看见卢卡斯把文件藏在了脚下那块木板下，紧接着他就被那个女的杀了，所以，我知道文件一定还在那儿。我在那儿徘徊了两天，直到昨天晚上，才鼓起勇气进了那幢房子。我是怎样拿到文件的，我想您一定知道了。我把文件拿回来后，却不知道怎么办才好，我想把文件放回去，却又怕引起我丈夫的怀疑。我的天哪，我听到我丈夫的脚步声了。他来了！”

外务大臣看到福尔摩斯，激动地问道：“福尔摩斯先生，是不是事情已经解决了？”

“大概可以这么说了。”

“啊，真是太感谢了！”外务大臣脸上布满了喜悦的神情，“今天，我请了首相吃饭。可以让他来分享一下你们的劳动成果吗？他虽然很坚强，可是自从丢了文件，也是吃不下饭，睡不好觉。好了，现在好了。雅科布，把首相请过来。”

然后，他又对夫人说：“亲爱的，对不起，这都是一些政治问题，待会我们到餐厅和你一起用餐。”

首相从容地走了进来，但是仍然掩饰不住他那内心的激动，他声音有些发颤：

“福尔摩斯，是不是有好消息了？”

福尔摩斯说：“现在还不能确定。但你们放心，我已经调查过了，至少你们任何人都没有危险。”

“福尔摩斯先生，这不是我们想要的结果，只有找到文件，我们才能真正从困扰中解脱出来。”

“我已经知道了那份文件的藏身之所。我想来想去，觉得那份文件绝对不会离开这所房子。”

“福尔摩斯先生！”

“如果那份文件离开了这所房子半步，也许早已被人拿来公布了。”

“可是那份文件藏在这所房子的什么地方呢？”

“在它应该在的地方。”

“文件盒内？”

“除了文件盒内，还能有什么地方呢？”

“福尔摩斯先生，你别开玩笑了，我们现在可没有这份心情。我敢跟你打赌，文件盒内绝对没有那份文件。”

“从星期二早晨到现在，你有没有检查过文件盒？”

“没有，因为我早已检查过了，确定没有那份文件。”

“也许是您一时大意，没有发现它。”

“这是绝对不可能的。”

“我想我亲眼看一下才能相信你说的话。因为以前也发生过同样的事情。也许它是和其他文件混在一起了。”

“那份文件是在最上面放着的。”

“可能是有人动了文件盒，把文件弄乱了。”

“但是我把文件盒拿了出来，一个一个检查过的。”

首相见他们争执不出结果，对他们说：“这个问题只要把文件盒拿过来一看就能解决。”

大臣按了一下手铃，然后对仆人说：

“雅科布，你去把我的文件盒拿过来。福尔摩斯先生，您很固执。好，我就让您检查一下，让事实证明一切。”

接着，他用他的钥匙打开了文件盒，一份文件一份文件地翻着，突然，他的手停住了。

“我的上帝啊！这太不可思议了！”

首相一下子从他的手中夺过了那只淡蓝色的信封。

“一点儿也没错，正是它，和原来一模一样，没有人动过它。霍普，我们应该庆贺一下。”

“亲爱的福尔摩斯先生，真是太感谢你了！您真是一个了不起的神探，一个高明的魔术师。但是你是怎么知道它就在这里的呢？”

“因为别的地方都没有。”

“太让人兴奋了。我要把这个好消息告诉我的妻子。”大臣飞快地跑了出去，高声地大叫着：“希尔达、希尔达，你不用担心了。”

福尔摩斯笑了，首相困惑地看着福尔摩斯，问道：“先生，事情肯定没这么简单。这到底是怎么一回事呢？”

福尔摩斯神秘地笑了一下，扭过了头，不再去看那张疑惑的脸和那双犀利的眼睛。

“对不起，我们有权保持沉默。”他边说边拿起帽子，向我示意了一下，离开了一派喜悦气氛的外务大臣府邸。